JN019972

烈火の太洋３

ラバウル進攻

横山信義
Nobuyoshi Yokoyama

C★NOVELS

扉　　画　高荷義之
地図・図版　安達裕章
編集協力　らいとすたっふ

目次

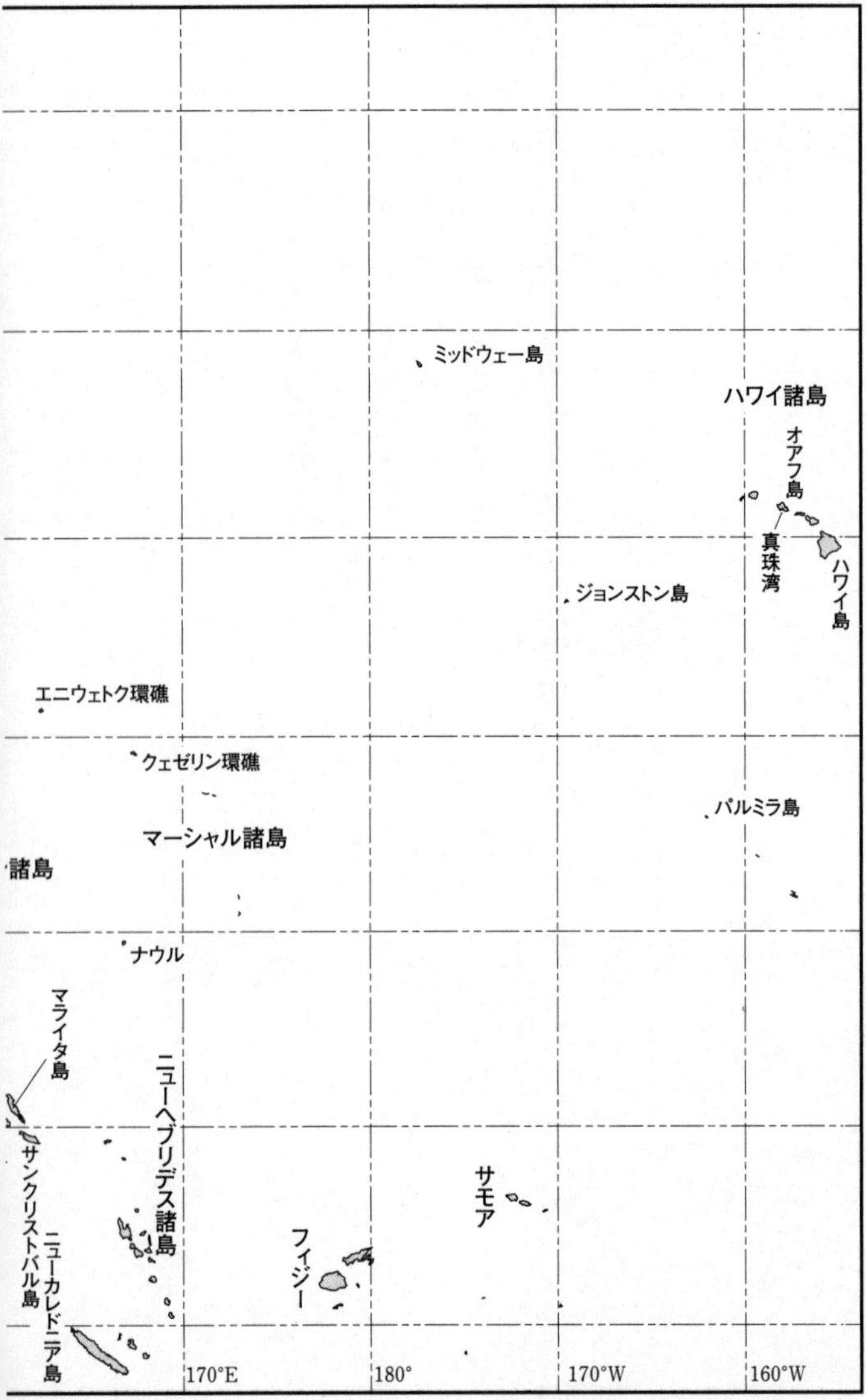

ミッドウェー島
ハワイ諸島
オアフ島
真珠湾
ハワイ島
ジョンストン島
エニウェトク環礁
クェゼリン環礁
パルミラ島
マーシャル諸島
諸島
ナウル
マライタ島
ニューヘブリデス諸島
サンクリストバル島
サモア
フィジー
ニューカレドニア島
170°E
180°
170°W
160°W

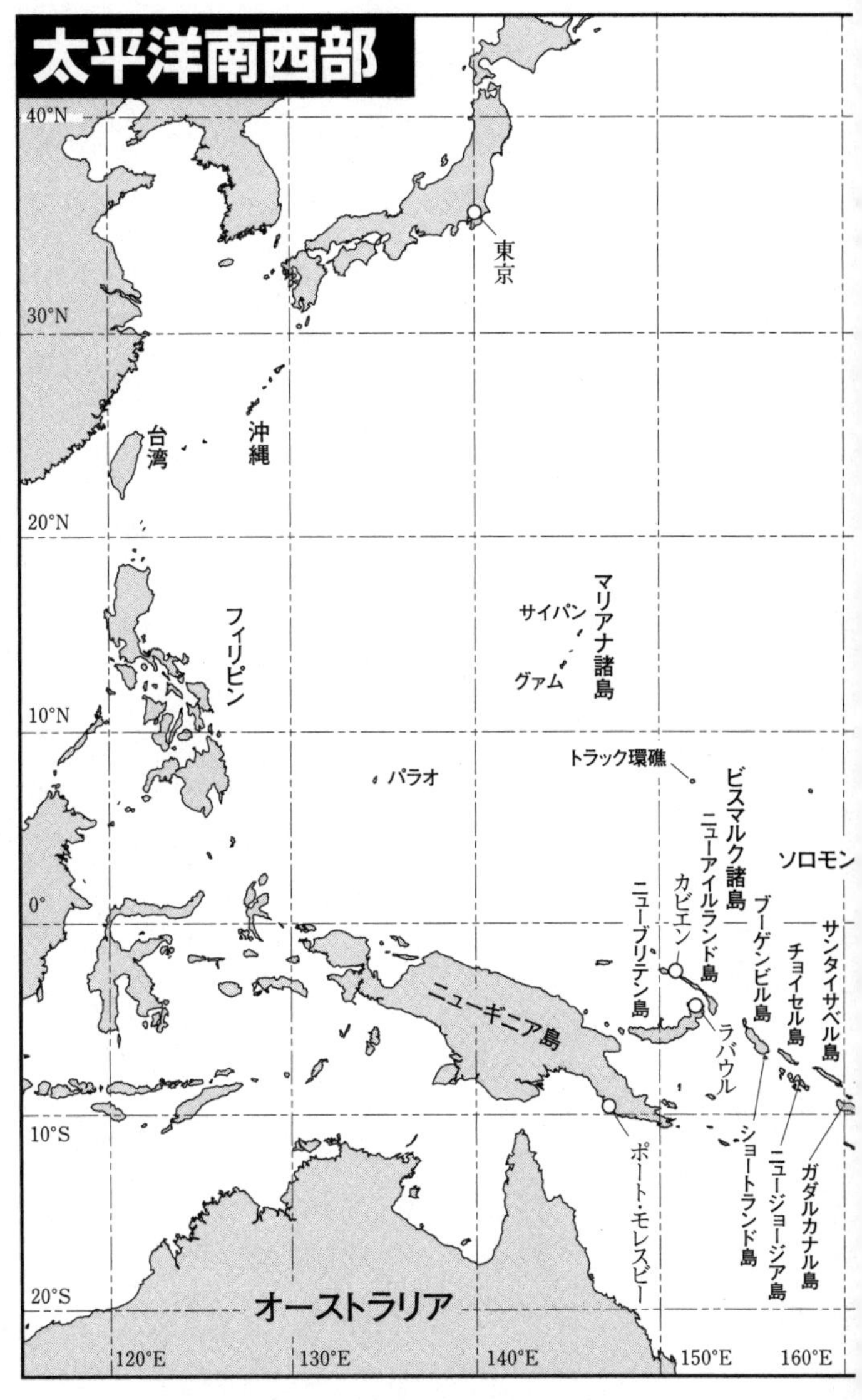

太平洋南西部
40°N
30°N
20°N
10°N
0°
10°S
20°S
120°E
130°E
140°E
150°E
160°E
東京
台湾
沖縄
フィリピン
サイパン
グァム
マリアナ諸島
パラオ
トラック環礁
ビスマルク諸島
ソロモン
ニューアイルランド島
カビエン
ニューブリテン島
ラバウル
ブーゲンビル島
チョイセル島
サンタイサベル島
ニューギニア島
ポート・モレスビー
ショートランド島
ニュージョージア島
ガダルカナル島
オーストラリア

烈火の太洋3

ラバウル進攻

第一章　南方の脅威

1

六機の零式艦上戦闘機が高度三〇〇〇まで上昇したとき、敵機は既にトラック環礁の内側に侵入していた。

機数は四機だ。

南水道の上空を通過し、北上して来る。

春島の西側にある春島錨地——戦艦、空母、重巡といった大中型艦用の停泊地を目指しているようだ。

「手前での捕捉は無理だな」

零戦六機を指揮する第三航空隊の諏訪浩特務少尉は、敵機を見上げながら呟いた。

敵機の侵入高度は六〇〇〇メートル。

零戦がその高度に到達するまで、あと四分ほどかかる。

最新鋭機であっても、高度六〇〇〇まで一気に翔上がれるわけではない。緩やかな上昇角で、数分をかけて上がらなければならないのだ。

高度が上がるにつれ、機影が拡大する。

両翼に装備するエンジンは、左右各二基。帝国海軍の九七式大型飛行艇と同じく、四発の大型機だ。

三空の上位部隊である第二三航空戦隊司令部から知らされた、米軍の新型重爆撃機ボーイングB17〝フライング・フォートレス〟——「空の要塞」の異名を持つ機体かもしれない。

高度が四〇〇〇を超えたところで、敵機とすれ違った。

諏訪は後続機に合図を送り、左旋回をかけた。

上昇しつつ、敵機を追う形になる。

「何故、南から……？」

諏訪の脳裏を、疑問がよぎった。

昨年——昭和一五年一二月一一日、マーシャル諸島で敵の動きを探っていた伊号潜水艦が、敵四発重爆の編隊を発見した。

現在マーシャル諸島は最西端のエニウェトク環礁まで含め、全島が米軍の占領下に置かれている。

エニウェトクからトラックまでは約五〇〇浬。同地に敵重爆が進出すれば、トラックは敵の空襲圏に入る。

事態を重視した大本営は、トラックの防空態勢強化を決定し、零戦の装備部隊を優先的に配備した。トラックの警備を担当する第四艦隊も、麾下の駆潜艇や哨戒艇を環礁の東方海上に展開させ、敵機の早期発見に努めると共に、環礁の水道入り口に設置した砲台に人員を増強した。

盟邦ドイツから導入を進めている電波探信儀は、トラックにはまだ設置されていない。当面は、人の目と耳が頼りなのだ。

ところが敵重爆は、すぐにはトラックに来襲しなかった。

偵察機がエニウェトクに飛んだが、偵察写真は重爆の姿を捉えていない。

「伊号潜水艦の報告は、誤報だったのではないか」

二三航戦司令部や第四艦隊司令部では、このような推測も囁かれたが、警戒態勢は緩めなかった。

一月半ばを過ぎた今、その重爆がトラック上空に姿を見せている。

ただし、敵はマーシャル諸島がある東方ではなく、南方から——思いもかけない方角から来襲したのだ。

諏訪機の高度計は五〇〇〇メートルを指し、なお回り続けている。

コクピットの中は、かなり寒い。富士山の頂上より、一〇〇〇メートル以上も高く上っているのだ。熱帯圏に属するトラックといえども、気温は大幅に低下し、操縦桿を握る手がかじかんで来る。

「くそったれ！」

諏訪は、罵声を吐き出しながら上昇を続けた。

高度差が縮まり、敵機がごつごつした形を持つことが分かって来る。胴体の複数箇所に見える瘤のようなものは、防御用の旋回機銃座であろう。

「B17だ。間違いない」

諏訪は確信した。

敵機は、まさしく「空の要塞」だ。旋回機銃座の一つ一つがトーチカのように見える。

その「空の要塞」は、春島錨地の上空を通過している。

投弾があるか、と身構えたが、弾着の飛沫が上がることはない。B17群は、針路、速度とも変えることなく、錨地の上空を通過する。

環礁北側の艦隊作業地上空で、敵編隊が大きく右に旋回した。

「春島か！」

諏訪は、敵の狙いを見抜いた。

現在、連合艦隊の主だった艦艇は、内地で修理や整備の真っ最中であり、トラックに在泊しているのは、第四艦隊の指揮下にある警備用の艦艇のみだ。

B17は、めぼしい目標が錨地になかったため、春島の飛行場や防御陣地を爆撃するつもりなのだ。

諏訪はバンクして、後続機に合図を送った。

右旋回をかけ、春島の上空に占位した。

現在の高度は六二〇〇メートル。B17よりも、有利な位置を占めたのだ。

四機のB17は編隊を崩すことなく、春島上空に侵入する。

零戦の姿が見えていないはずはないが、動きに変化はない。

「まずは槍合わせと行くか」

諏訪が合図を送ると、零戦隊が二手に分かれた。

諏訪が率いる第二小隊が右に、香取晃太郎航空兵曹長が率いる第三小隊が左に、それぞれ旋回する。

一個小隊三機で、一機のB17に狙いを定め、前上方から突進する。

反航する形を取っているため、距離が詰まるのは早い。照準器の白い環が捉えた機影が、凄まじい勢いで膨れ上がる。

諏訪が発射把柄を握るより早く、B17の胴体上面と側面に真っ赤な閃光が走った。

一機だけではない。二機が同時に銃火を放ち、何条もの火箭が飛んで来た。

「……！」

諏訪は、声にならない叫びを上げた。全ての射弾が自機に向かって来るように見え、思わず操縦桿を右に倒した。

零戦が右に傾き、B17の編隊が左に流れる。

諏訪は、発射の時機をつかめない。敵弾に捉えられることはなかったものの、こちらは一連射を放つことすらできなかった。

後続する二機――安西満一等航空兵曹の二番機、永瀬三郎三等航空兵曹の三番機も、一発も発射することなく、敵機の射程外に逃れている。

二小隊は、B17群の後方に抜ける。

左の水平旋回をかけ、後ろ上方から攻撃する態勢を取る。

香取の第三小隊は、二小隊よりやや遅れて、敵編隊の後ろ上方に占位する。

諏訪は、エンジン・スロットルをフルに開いた。中島「栄」一二型エンジンが猛々しく咆哮し、零戦が加速された。安西機、永瀬機の追随を確認し、正面に視線を戻す。

B17の尾部が迫る。

巨体に似合わず、速度性能は高い。零戦との速力差は、時速七、八〇キロといったあたりだ。

（九六艦戦だったら追いつけないな）

機種転換前に乗っていた機体を思い出すが、両目は敵機を見つめている。

B17の尾部と胴体上面が光った。

無数の曳痕が殺到して来たときには、諏訪は機体を傾け、回避の動きを取っている。青白い曳痕の連なりが翼端や風防の脇をかすめ、後方に抜ける。

よく見ると、敵弾は七・六二ミリのようだ。防御火力は意外に小さいのかもしれない。

諏訪は、右、あるいは左にと、小刻みに旋回を繰り返しつつ、Ｂ17との距離を詰めた。九六陸攻のそれに比べ、一回り大きな水平尾翼、垂直尾翼が、目の前に迫った。

　頃合いよし、と見て、発射把柄を握った。両翼に発射炎が閃き、二条の太い火箭がほとばしり、狙い過たずＢ17の尾部を捉えた。

　太い火箭が吸い込まれ、きらきらと光る破片が舞い散った。尾部の機銃座が沈黙した。

（してやったり）

　諏訪は機体を左に滑らせ、離脱する。

　安西機、永瀬機が、続いてＢ17に銃撃を浴びせる。三機合計六丁の二〇ミリ機銃による銃撃だ。四発の大型機といえども、ひとたまりもなく墜落すると諏訪は確信していたが――。

「墜ちない⁉」

　諏訪は我が目を疑った。

　第二小隊が狙ったＢ17は、速力を落とすことなく飛び続けている。尾部銃座は沈黙させたが、他の被害はないようだ。

　第三小隊が狙った機体も速力を落とさず、飛行を続けている。

「ならば！」

　諏訪は操縦桿を手前に引き、今一度上昇した。

　安西機、永瀬機を従え、Ｂ17群の後ろ上方に占位した。

　四機のＢ17は、悠然と飛んでいる。

　墜とせるものなら墜としてみろ――そんな挑発をしているように感じられる。

「行くぞっ、空の要塞！」

　一声叫び、諏訪は再び突進した。

　二〇ミリ機銃の射程内に入る前に、多数の火箭が飛んで来る。今度は胴体上面と左側方の機銃座だ。

　機銃が左右に振り回され、おびただしい曳痕が放たれる。銃撃というより、銃弾をばら撒いているようだ。七・六二ミリの小口径機銃とはいえ、数が揃えば大きな脅威になる。

アメリカ陸軍 ボーイングB17B

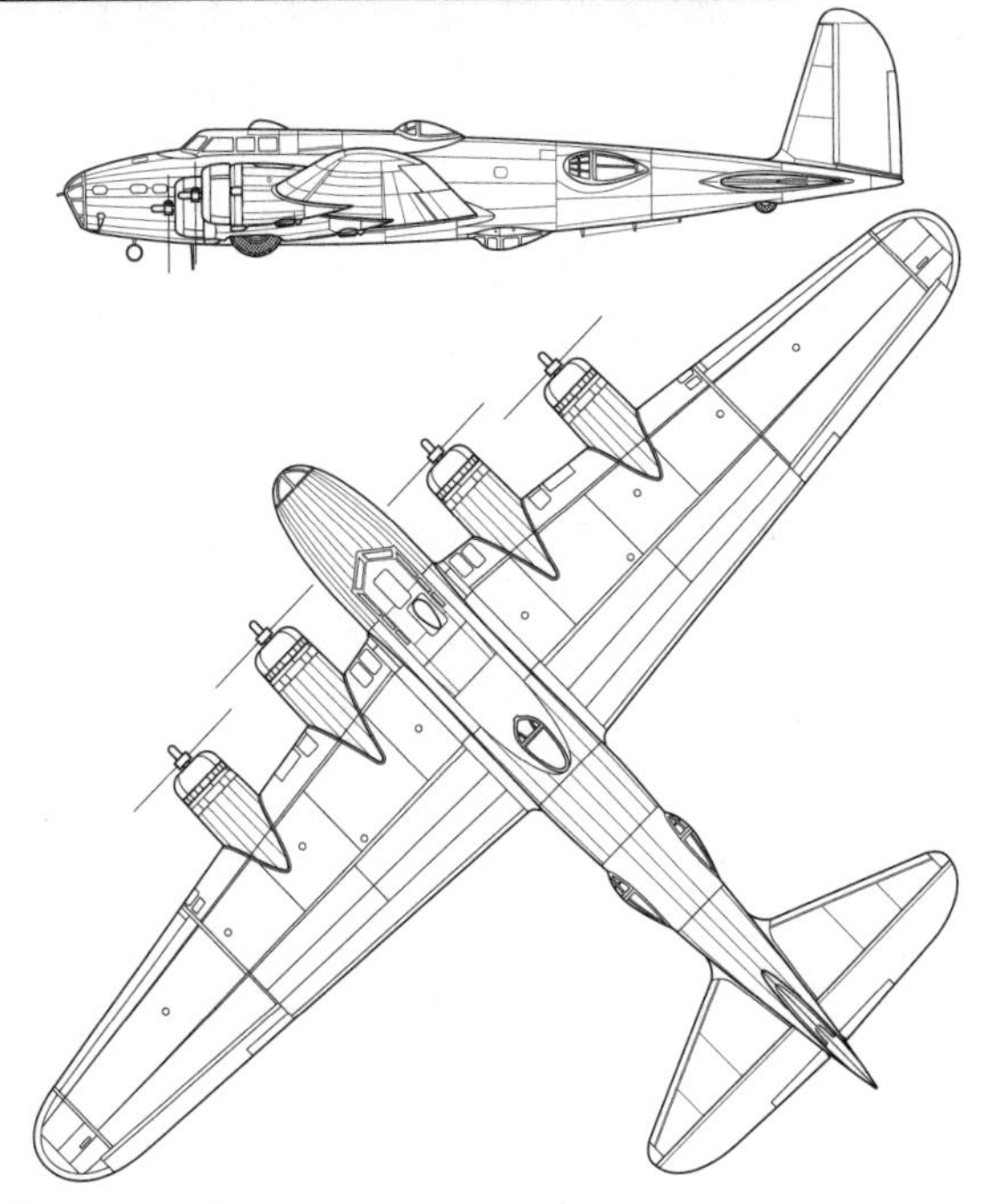

全長	20.7m
翼幅	31.6m
全備重量	21,546kg
発動機	ライト R-1820-51 1,200馬力×4基
最大速度	470km/時
兵装	7.62mm機銃×5丁／爆弾 5,440kg(最大)
乗員数	8名

ボーイング社が開発した長距離爆撃機。当初は、アメリカ合衆国がもつ長大な海岸線を守るための機体として研究が始まった。その後、敵陣深く進攻、目標に爆撃を行う戦略爆撃機として開発が続けられ、1935年7月28日に原型試作第一号機が完成した。その後も数々の改良が加えられ、エンジンに排気タービン過給機を備えた「B型」が初の量産型として発注された。「空の要塞」との異名が示す通り、強力な装甲を備えており、防御火力も今後の増強が予想されることから、日本軍の難敵になると予想される。

(ままよ！)

当たるなら当たれ――その覚悟を決め、諏訪はB17に突進した。照準器の白い環に左主翼を捉え、発射把柄を握った。

二条の太い曳痕がほとばしり、狙い過たず一番エンジンに突き刺さる。

太く巨大なエンジン・ナセルの後方に、真っ赤な火点がまつわりつくように見える。

諏訪は操縦桿を左に倒し、離脱する。零戦が左に旋回し、B17の巨大な機影が右に流れる。

二、三番機が、続けて銃撃を浴びせる。

エンジンといわず、翼の上面といわず、二〇ミリ弾が突き刺さる。

「今度も駄目か！」

永瀬機が離脱したところで、諏訪はB17を見、唸り声を発した。

二度目の銃撃も効果は認められない。B17は、依然飛行を続けている。

三小隊が攻撃した機体も同じだ。

四機のB17は一機も落伍することなく、トラックの上空を飛び続けている。

春島、夏島の上空は既に通過し、現在は冬島の上空にかかっている。

飛行場が爆撃を受けた様子はない。火災煙らしきものはどこにも見られない。

(偵察か)

諏訪は、敵の目的を察した。

B17は、トラック攻撃の下準備のため、偵察に来たのだ。泊地や飛行場の様子が、何枚もの写真に収められたに違いない。

「そうはさせるか！」

吐き捨てるように、諏訪は叫んだ。

奴らをこのまま帰せば、トラックは丸裸にされる。

その危機感に駆られ、B17群を追った。

冬島が死角に消え、南水道の上空を通過する。ここから先は、外海だ。前方には、海原がどこまでも続いている。

諏訪は顔を上げ、前方を睨んだ。

一旦遠ざかったB17が、再び接近する。

諏訪は、真下からB17群を追い抜いた。

右上昇反転をかけ、敵機の前上方に占位した。

これが最後——その思いを込め、B17との距離を一気に詰めた。

旋回機銃座から無数の曳痕が放たれ、何発かが胴体や主翼をかすめて鋭い音を立てる。

諏訪は、委細構わず突っ込んだ。

「墜ちろ！」

その叫び声と共に、二〇ミリ弾を叩き付けた。

両翼からほとばしった真っ赤な火箭が、今度は前からB17の左主翼に突き刺さる。諏訪が左旋回をかけて離脱するや、安西、永瀬が続く。

香取空曹長の第三小隊も、二小隊と同じ機体を攻撃する。B17は、恐ろしく頑丈な機体だ。目標を分散するより、一機に集中した方がよいと、香取は判断したのだろう。

最後の一機——三小隊三番機を務める加藤慎次一等航空兵の零戦が銃撃を終え、離脱したとき、諏訪は六機による集中攻撃の成功を悟った。

B17は黒煙を引きずりながら、高度を落としている。

操縦員は、何とか味方に追いつこうとしているであろうが、僚機との距離は開くばかりだ。

やがて、B17の左主翼で爆発が起きた。

エンジン・カウリングが吹っ飛び、左主翼全体が炎に包まれた。機体が大きく左に傾き、真っ逆さまに墜落し始めた。

六機の零戦は、ようやく「空の要塞」一機を仕留めたのだ。

「ここまでだな」

諏訪は、残る三機のB17を見送りながら呟いた。

諏訪は、最後の攻撃で二〇ミリ弾を撃ちつくした。

他の五機も、二〇ミリの残弾は乏しいはずだ。

機首の七・七ミリ機銃はほとんど撃っていないが、二〇ミリ弾でも容易に墜とせないB17を七・七ミリ弾で墜とせる道理がない。

(完敗だ)

諏訪はそう悟った。

戦果は一機撃墜、味方の被撃墜機はない。数字の上では勝利と言えるが、B17にトラック上空への侵入と偵察を許してしまった。敵に情報を持ち帰られてしまった以上、敗北を認めざるを得ない。

諏訪は、背筋に冷たいものを感じた。

B17が大挙して来襲したら、トラックを守り切れるのだろうか、と。

2

この時期、連合艦隊司令部は、広島県呉の鎮守府に仮住居を置いている。

昨年一〇月のサイパン島沖海戦の結果、旗艦に使用できる戦艦がなくなってしまったのだ。

それまでの旗艦「伊勢」は推進軸を損傷したため、ドックに入っており、戦艦「日向」「山城」は米戦艦との砲戦で沈没した。

「扶桑」は直撃弾を受けることなく帰還したが、多数の至近弾によって複数箇所に浸水があり、水線下や艦内隔壁の修理、補強が必要になっている。

金剛型戦艦四隻は、次期作戦に備えて整備中だ。

「空母か巡洋艦を旗艦に定めては？　特に空母は戦艦に代わり得る主力となるのですから、連合艦隊旗艦に相応しいと考えます」

このような意見もあったが、司令長官山本五十六大将は、

「今は東郷長官（東郷平八郎元帥。日露戦争時の連合艦隊司令長官）の時代とは違う。昭和の海戦は、航空機という要素も加わり、日露戦役の頃に比べて遥かに複雑になっている。GF長官が陣頭指揮を執り、

先頭切って敵艦隊に突っ込んでゆく時代ではないのだ。セイロン島沖、サイパン沖と、二度の水上砲戦を経験して、そのことがよく分かった」

　と言い、司令部を陸上に移したのだ。

「連合艦隊が、将旗を陸上に掲げるとは」

　という批判もあったが、山本は、

「今は、伝統などにこだわっている時ではない。米海軍は、太平洋艦隊の司令部をオアフ島の陸地に置いている。近代海軍としての歴史は我が軍よりも古いが、伝統にこだわらぬ柔軟性を持っているのだ。今後のことを考えれば、GF司令部は海軍省や軍令部と同居してもいいぐらいだ」

　と主張し、譲らなかった。

　その連合艦隊司令部に、トラックの第四艦隊司令部から緊急信が届いたのは、一月一八日の朝だ。

　第一報は、「敵四発重爆、『トラック』ニ来襲セリ。一〇〇六」と伝えたのみだったが、午後になってから詳報が届けられた。

「〇九五二、『薄島監視所』ヨリ『敵機発見。四発重爆撃機四機』ノ報告アリ。位置、『夏島』ヨリノ方位一八〇度、二〇浬。高度六〇。〇九五七、戦闘機六機、『竹島飛行場』ヨリ発進。敵一機ヲ撃墜セリ。敵機ハ『春島錨地』『春島』『夏島』上空ヲ通過ノ後、一〇二七ニ離脱セリ。空襲ニヨル損害並ビニ未帰還機ナシ。猶、敵機ハ『B17』ト認ム。一三二八」

　昨年一一月、田村三郎中佐に替わって通信参謀に任じられた和田雄四郎中佐が報告電を読み上げると、張り詰めていた空気が和らいだように感じられた。

　トラック環礁は、日本の参戦前から艦隊泊地として整備され、本土以外では最も重要な基地となっている。

　マーシャル諸島が米軍の手に落ちてからは最前線となり、守りが固められていた場所だ。

「空襲ニヨル損害ナシ」の一文は、ひとまず司令長官以下の幕僚を安堵させていた。

「敵機の飛行経路は、このようになります」

航空参謀日高俊雄中佐は、トラックの地図上に描き込んだＢ17の飛行経路を机上に広げた。

一昨年五月、連合艦隊初の「航空参謀」に任じられてから一年八ヶ月が経過している。昨年一一月、中佐に昇進し、徽章の桜は二個に増えた。

俸給が上がったのは有り難いが、

「これで、飛行機の操縦桿は握れなくなった」

との失望もある。

欧米では、大佐、中佐の飛行隊長も珍しくないが、日本海軍では中佐まで昇進したら、搭乗員として勤務する機会はほとんどないからだ。

「敵の目的は爆撃ではなく、偵察だったと考えられます。敵機がトラックの枢要部を舐めるような形で飛行したこと、敵機の数が僅か四機だったこと、飛行高度が六〇〇〇と高めだったことが、それを裏付けています」

「航空参謀の言う通りでしょう。敵機の目的は、トラックにおける兵力の配備状況、及びトラックの防空態勢を探ることにあったと考えられます」

作戦参謀の三和義勇中佐が日高に賛同した。

和田通信参謀と共に、新たに連合艦隊司令部に迎え入れられた幕僚だ。日高と同じ航空の専門家だが、現場一筋の日高と異なり、海軍大学の甲種学生を修了している。

「敵の目的以上に気がかりなのが、敵が侵入して来た方角だ」

参謀長の福留繁少将が言った。

「敵は、マーシャル諸島全域を占領下に置いている。この状況を利用するなら、Ｂ17はエニウェトクを基地とし、トラックの東方から飛来するのが自然ではないのか？」

「米軍は、Ｂ17の安全を考えたのではないでしょうか？」

日高が、三和に代わって発言した。

机上に広げられている南方要域図に指示棒を伸ば

し、トラックとエニウェトクを交互に指した。

「Ｂ17の航続距離は、一三〇〇浬から一四〇〇浬と見積もられます。敵がエニウェトクを拠点とした場合、トラックを叩くことは可能ですが、我が方もまたエニウェトクを攻撃圏内に収めております。米軍にしてみれば、最新鋭機を地上で撃破される危険は避けたいところでしょう」

「拠点を南に置けば、Ｂ17の安全は確保できるのかね？」

「エニウェトクよりは守り易いと考えます」

日高は、指示棒の先をトラックから南方のビスマルク諸島に移した。

ビスマルク諸島、特にニューブリテン島のラバウル、ニューアイルランド島のカビエンには飛行場の適地があり、対米戦争が始まった場合には、早い段階で攻略する計画が立てられていた。

計画そのものは取りやめになっていないが、サイパン島沖海戦で連合艦隊の主力が大きな損害を受けたため、昭和一六年一月時点では、手つかずのままになっている。

「米軍はいち早くビスマルク諸島に進出し、ラバウル、カビエンを拠点に、トラックを攻撃して来たと考えられます。トラックから見た場合、カビエンがラバウルを守る形になっています。ラバウルにＢ17を展開させ、カビエンに戦闘機隊を置けば、Ｂ17の安全を確保できます」

日高が話を締めくくると、福留が首を傾げた。

「昨年一二月、友軍の潜水艦がクェゼリンに四発重爆が降りた旨を報告している。米軍はクェゼリンを中継地点に使い、エニウェトクにＢ17を展開させると考えていたが」

「クェゼリンは、Ｂ17を空輸するための中継点になっていると考えられます。米軍は、クェゼリン、ナウル経由で、Ｂ17をラバウルに送り込んでいるのではないか、と」

「それほどの手間をかける必要が、米軍にあるだろうか？　ナウルをＢ17の中継点にするためには、同地に大規模な飛行場を建設する必要がある。豊富な物量を持つ米国といえども、かなりの難事業だ」

　首席参謀の黒島亀人大佐が首を捻った。

「政治上の理由があるのではないか？」

　幕僚たちのやり取りを聞いていた山本が、おもむろに口を開いた。

「連合軍の立場で考えた場合、ビスマルク諸島はトラック攻撃の拠点であると同時に、豪州を守る盾の役割も果たしている。豪州は英連邦の有力な一員であり、本国の求めに応じて、欧州に軍を派遣している。その豪州とて、自国が大事だ。危険が迫れば、欧州に派遣している部隊を引き上げ、本国の防衛に回すだろう。米軍がビスマルク諸島に進出し、Ｂ17を展開させたのは、そういった政治状況も踏まえてのことではないか、と考えるのだが」

「となりますと、ビスマルク諸島を一日も早く攻略しなければなりませんな。そうすれば、トラックの安全が確保されるだけではなく、盟邦に対する側面援護にもなります」

　意気込んだ様子で言った黒島に、福留がたしなめるように言った。

「焦るな、首席参謀。ビスマルク諸島の重要性は分かるが、ＧＦはすぐに動ける状態にはない」

　連合艦隊の主力となる戦艦のうち、早い段階で戦列に復帰できるのは、四隻の金剛型高速戦艦だけだ。新たな主力として期待されている空母のうち、最も有力な艦である「加賀」はドックで修理中だ。「赤城」は修理が終わったものの、対空火器の増強工事が完了していない。

　また、各空母とも、消耗した搭乗員の補充と訓練が必要だ。

　各航空戦隊の戦力再建が完了するまでは、新たな攻勢に出ることはできない、と福留は強い語調で言った。

「米太平洋艦隊はサイパン島沖海戦以降、真珠湾に逼塞しております。同海戦では、我が軍は無視できない損害を受けましたが、米軍にはそれを遥かに上回る打撃を与えたのです。彼我の戦力差を考えれば、現時点におけるビスマルク諸島の攻略も可能と考えますが」

黒島は、意地になった様子で反論した。

トラック環礁が脅かされている現在、多少の無理をしても、ビスマルク諸島に兵を進めるべきだ、と主張したい様子だった。

「無理押しをすれば、こちらの被害も大きくなる。六月始めには、傷ついた空母の修理が完了し、新造の空母も出揃う。それまで、トラックでは防戦に徹する以外にあるまい」

たしなめるような口調で、山本が言った。

「ビスマルク諸島攻略の前に、マーシャル諸島、特にクェゼリンを奪回してはいかがでしょうか？　中継点のクェゼリンを奪回すれば、米軍はラバウルにＢ17を送り込めなくなると考えますが」

戦務参謀渡辺安次中佐の意見に、三和が反論した。

「マーシャルを奪回しても、米軍は新たな経路を見つけるでしょう。Ｂ17の脅威を除くには、ラバウルを攻略する方が確実です」

「今の時点で、選択肢を絞ることもあるまい。ＧＦの戦力回復まで、まだ日がある。ビスマルク諸島の攻略とマーシャルの奪回、各々について検討してみよう」

山本が、三和と渡辺の顔を交互に見て言った。

その一言が、この日の会議の結論になった。

「できることなら、ビスマルク諸島の攻略も、マーシャルの奪回も、計画だけで終わって欲しいところだが」

山本は少し考えてから付け加えた。

長官の考えが分からぬ者は、連合艦隊司令部にはいない。

山本は、サイパン島沖海戦の大勝利を契機として、米国との講和を考えていた。

連合艦隊が内地に帰還してからは、何度も呉と東京を往復し、海軍大臣や軍令部総長、総理大臣とも直々に話し合い、

「今こそ米国との講和を」

と繰り返し主張したのだ。

だが、政府も、大本営も、講和に向けての足並みが揃っていない。

特に陸軍と外務省は、「三国同盟の盟約に反する」との理由で、強硬に反対している。

中立国の公使館では、非公式に米英の代表と接触し、講和のための話し合いが行われているが、妥協点は見出せていない。

「サイパン島沖海戦を、日米戦における『日本海海戦』にしたい」

山本は、幕僚たちにそう語っていたが、思うに任せないのが現実だった。

「次の作戦目標がどこであれ、GFが動けば、米太平洋艦隊が必ず出てきます。そこで敵に大打撃を与えれば、講和の機会も生まれましょう」

福留の言葉に、山本は頷いた。

「短期決戦を諦めるのは、まだ早いな。和平の実現にも、粘りが必要だ。海相や総長に話をしてみよう」

3

海軍省軍務局の第二課員浜亮一中佐を、航空本部長井上成美中将は笑顔で迎えた。

昨年七月、米国が日本に宣戦を布告して以来、井上が笑顔を見せたことは滅多にない。

連合艦隊が、米太平洋艦隊との決戦に記録的な大勝利を収めたサイパン島沖海戦の結果や、在比米軍降伏の報告を聞かされても、嬉しそうな表情は見せていない。

「一度や二度の敗北で手を上げるほど、米国は甘い相手ではない。サイパン島沖海戦の大勝は、むしろ、

米国民の復讐心や敵愾心を呼び起こしてしまったかもしれぬ」

と、前途を憂慮していたほどだ。

その井上が、珍しく相好を崩していた。

「昨日、木更津に行ってきた」

その一言で、井上が上機嫌でいる理由が分かった。

木更津の海軍飛行場には、第二六航空戦隊隷下の木更津航空隊が駐留している。

九六式陸上攻撃機の装備部隊だったが、少し前に新型機への機種改変が終わったのだ。

「一式陸攻には私も試乗させて貰ったが、速力、上昇性能とも、九六陸攻とは段違いだ。あの機体が、基地航空隊の要となるのは間違いない」

一式陸攻、正式名称「一式陸上攻撃機」が、井上が視察した新型機の名称だ。

九六陸攻の後継機として、三菱が開発を進めてきた機体で、今年制式採用が決定した。

浜も、横須賀航空隊の追浜飛行場で同機を目撃している。

葉巻型の長い胴体と中翼配置の主翼、太いエンジンを持ち、九六陸攻よりも洗練された形状だ。航空の専門家ではない浜でも、性能の高さを感じた記憶がある。

（本部長の持論を具現化した機体、ということなのだろうな）

腹の底で、浜は呟いた。

井上は航空主兵思想の提唱者だが、空母を重視する山本連合艦隊司令長官と異なり、基地航空兵力を重視している。

太平洋上の島々を不沈空母とし、基地航空隊を縦横に機動させて、来寇して来る米太平洋艦隊を迎え撃つ、という考えだ。

井上の目には、九六陸攻よりも速度性能が高く、足も長い一式陸攻は、自身の戦術思想に合致する機体として映っているのだろう。

「本部長に申し上げることではないかもしれません

が、新型陸攻は、運用に慎重さを要する機体だと考えます」

「聞こうか」

浜が考えていたところを口にすると、井上は笑いを消し、続けるよう促した。

「攻撃に際しては、護衛戦闘機を必ず随伴させること。肉薄しての雷爆撃などは行わず、地上目標に対する高高度からの爆撃や輸送船に対する攻撃を主な任務とすること。この二つが肝要と考えます」

浜は、結論から先に述べた。

一式陸攻は確かに高性能だが、あくまで爆撃機であり、戦闘機には弱い。サイパン島沖海戦では、グラマンF4F〝ワイルドキャット〟という新型戦闘機の出現も確認されており、同機の配備が進めば、陸攻の強敵となることが予想される。

一式陸攻のもう一つの問題点として、防御力の弱さが上げられる。主翼の過半を燃料タンクとして使用しているため、被弾時に発火し易いのだ。

しかも、九九式艦上爆撃機や九七式艦上攻撃機より投影面積が大きい分、被弾確率も高い。

このような機体で、目標への肉迫攻撃を実施すれば、投弾・投雷の前に撃墜される危険が大きい。

その危険を避けるためには、米太平洋艦隊の主力ではなく、飛行場、防御陣地、海岸の橋頭堡といった地上目標に対する高高度からの爆撃や、対空火力が小さい輸送船を主目標とした方がよい。

「輸送船を狙え」という命令には、陸攻搭乗員の反発を受けるかもしれないが、輸送船団には数百人、大きさによっては千人以上の敵兵が乗船している。

彼らを輸送船ごと海没させれば、米国民の戦意に大きな打撃を与え、厭戦気分を引き起こす効果が期待できる。

それは、戦争の早期終結という戦略目標にも直結する。

浜が一通り話したところで、井上は反論した。

「趣旨は理解したが、サイパン島沖海戦では一連空の九六陸攻が敵空母一隻を撃沈している。一式陸攻なら、敵の主力を狙っても、充分戦果を上げられるのではないか？」

「一連空は確かに大きな戦果を上げましたが、出撃機数七二機中、一〇機が未帰還となっています。決して軽視できる数字ではありません」

「うむ……」

「大局的見地から考えましても、陸攻の損耗は重大問題なのです。陸攻が墜ちたときの人員の損失は、艦戦、艦爆、艦攻よりも甚大ですから」

九六陸攻の搭乗員は七名、一式陸攻は七名ないし八名だ。一機が墜ちれば、九七艦攻二機分以上の乗員が失われる。

航空機であれ、艦船であれ、乗員がいなければ動かしようがないのだ。

人員の損耗を抑えるというのは、国防政策上、極めて重要だった。

（双発の中型爆撃機に乗員七名ないし八名は多すぎる。乗員数を減らせば、人員の損耗も抑えられる）

浜は、盟邦ドイツのユンカースＪｕ88を思い出している。

Ｊｕ88は一式陸攻と似た性格を持つ双発の中型爆撃機だが、乗員数は四名と少ない。

浜は、「独伊との同盟を解消し、米英との早期講和を」という井上の考えに共感する立場だが、ドイツは日本に比べ、将兵の生命を大切にする思想が根付いている。

この点に関してはドイツを見習うべきだと、浜は考えていた。

井上は、試すような口調で聞いた。

「第二課長や軍務局長も、君の考えに賛成しているのかね？」

「いえ、一式陸攻は米太平洋艦隊が再度来寇したときの切り札として用いるべきだという意見が主流です」

「君の意見はもっともだと、私も考える。人材は確かに大切だ。優秀な搭乗員は、航空機や軍艦以上に補充が利かないからな」

「では……？」

「たった今聞いたことは、航空本部長の意見として上申したいが、構わないかね？」

「是非、そうしていただければと思います」

浜は、深々と頭を下げた。

井上は、開戦前から親米英の姿勢を貫いており、海軍の主流派とは言い難い。

それでも、航空本部長の意見となれば、中央も無視できないはずだ。

「国防計画について、気がかりなことがある。戦線拡大の動きがあると聞いたが、事実かね？」

「事実です」

話題を替えた井上に、浜は頷いた。

Ｂ17が初めてトラック環礁の上空に飛来して以来、約一ヶ月。

トラックは三日から四日に一度の割合で、Ｂ17の空襲を受けることになった。

一度当たりの来襲機数は、多いときで二〇機程度であり、爆撃による被害もさほどではない。

Ｂ17の投弾は正確さを欠き、指揮所、整備小屋、燃料庫といった重要施設や、トラックの在泊艦船を直撃することは滅多にない。

飛行場の滑走路に爆弾孔を穿たれることはあるが、一日か二日で修復が可能だ。

問題は、戦闘機による迎撃戦闘が不首尾に終わることだ。

Ｂ17の防御装甲が厚く、零戦の二〇ミリ機銃でも容易に火を噴かないことに加え、六〇〇〇メートル以上の高度から飛来するため、捕捉が難しいのだ。

零戦は元々高高度での戦闘を想定していないため、高度が六〇〇〇メートルを超えると、エンジンが息をつき始める。高度八〇〇〇あたりになると、飛んでいるだけでやっとという状態だ。

このため、Ｂ17が来襲しても、撃墜できるのは少数に留まっている。

二月四日の空戦では四機を墜としたが、これが今までの上限だ。

事態を憂慮した大本営は、Ｂ17の基地となっているビスマルク諸島のラバウル、カビエンの攻略を計画しております、と浜は説明した。

「大本営の計画では、連合艦隊の戦力回復を待ってマーシャル諸島を奪回し、以後は守勢に転じて敵に出血を強要する、ということだったが」

疑問を口にした井上に、浜は応えた。

「現状では、トラックを艦隊の泊地として使用できません。トラックの安全を確保するためには、ビスマルク諸島の占領が必要だとのことです」

「ビスマルク諸島は、トラックから七〇〇浬以上離れている。いたずらに戦線を拡大すれば、補給が追いつかなくなるぞ」

「トラックが敵の空襲圏に入ったままでは、ＧＦの行動に支障を来します。また、ビスマルク諸島の攻略には、政治上の理由もあります」

ドイツの大使館付武官から届いた報告によれば、英本土の防空戦闘には、豪州から派遣された搭乗員が参加している他、北アフリカ戦線でも豪州から派遣された部隊が、英軍と共に戦っている。

豪州は連合軍にとり、兵力の有力な供給源になっているのだ。

このためドイツから、豪州に圧力を加え、欧州への派兵を阻止して欲しい、との要請が、日本政府に届いていた。

井上は、しばし沈黙した。

表面上は平静を装っているが、内では激しい葛藤が荒れ狂っている様が見て取れた。

元々、三国同盟の締結には最後まで反対していた立場だ。

ドイツの側面援護という性格の作戦には、強い抵抗を覚えているのだろう。

ややあって、井上は口を開いた。

「ビスマルク諸島の攻略には賛成しかねるが、航空本部長には、国防方針を左右する権限はない。航空本部としては、航空行政の面から、連合艦隊に可能な限りの協力をするだけだ」

4

「どうにか形になったな」

太平洋艦隊司令長官ハズバンド・E・キンメル大将は、真珠湾を見渡し、満足そうな声で言った。

ハワイ・オアフ島の真珠湾を望む位置にある、太平洋艦隊司令部の長官公室には、キンメルの他に四人が参集している。

副司令長官のジョン・H・タワーズ少将と、参謀長ミロ・F・ドラエメル少将以下の幕僚三名だ。

昨年一一月五日、新しい太平洋艦隊司令長官に任じられたキンメルの最初の仕事は、昨年一〇月に行われたサイパン島沖海戦（公称は日本軍と同じ）の後始末だった。

司令長官ジェームズ・O・リチャードソン大将も、参謀長ロバート・L・ゴームリー少将も、旗艦「コロラド」の艦上で戦死したため、キンメルが貧乏くじを引かされる形になったのだ。

敗残の太平洋艦隊の姿を見たとき、キンメルは絶望した。

九隻が配備されていた戦艦は、「ネヴァダ」「オクラホマ」の二隻しか残っていない。

その二隻も、被弾の跡が目立ち、修理に数ヶ月かかりそうな有様だ。

自他共に認める大艦巨砲主義の信奉者であり、「戦艦こそ海軍の主力」と信じて止まないキンメルにとり、戦艦の過半が失われたという事実は、悪夢以外の何物でもなかった。

失われたのは、戦艦だけではない。

「レキシントン」と「サラトガ」――「世界のビッグ・フォー」にも数えられた大型空母二隻の他、巡洋艦四隻、駆逐艦八隻が沈んでいる。

　生き延びた艦も、多くは被弾・損傷し、修理が必要だ。

　太平洋艦隊の戦力は、中小型艦と潜水艦だけになってしまったと言っても過言ではない。

　一時は辞任を考えたキンメルだが、気を取り直して、戦力の再建に取りかかった。

「戦艦、空母といった主力艦艇は、大西洋艦隊よりも太平洋艦隊に優先して配備する」

と、本国の作戦本部も約束した。

　四ヶ月余りが経過した現在、太平洋艦隊は一応の戦力を整えている。

　戦艦はニューメキシコ級の「ニューメキシコ」「ミシシッピー」「アイダホ」の三隻。サイパン沖で沈んだ「テネシー」「カリフォルニア」と同じ、長砲身三五・六センチ砲一二門を装備する戦艦だ。

　現在、東海岸のドックで建造中の新型戦艦も、慣熟(かんじゅく)訓練が終わり次第(しだい)、真珠湾に回航される予定になっている。

　空母は「ヨークタウン」「エンタープライズ」「ワスプ」が配備された。

　沈没した「レキシントン」「サラトガ」よりも小ぶりだが、艦上機の運用能力では引けを取らない。

　巡洋艦、駆逐艦も補充を受け、現在は重巡一〇隻、軽巡八隻、駆逐艦五六隻がキンメルの指揮下にある。

「リチャードソンやゴームリーの仇(かたき)を取りたいところだが、今すぐに仕掛(しか)けるのは無理だな」

　真珠湾の艦艇群から幕僚たちに視線を移し、キンメルは言った。

「日本軍がハワイ、あるいはミッドウェー、ジョンストン、パルミラといった地に侵攻して来れば、邀撃(ようげき)はできる。しかし、この戦力でトラックやマリアナを攻撃するのは危険が大きい」

　キンメルは強気(つよき)の指揮官だ。戦艦に座乗(ざじょう)しての陣頭指揮に躊躇(ためら)いはない。

　昨年一〇月、自分が太平洋艦隊の指揮を執っていたとしても、リチャードソンと同じ行動を取っただろうと確信している。

そのキンメルも、使用可能な戦艦が三隻だけという状況で、日本海軍連合艦隊（コンバインド・フリート）に真っ向（まっこう）勝負を挑む気にはなれなかった。

「同感です」

ドラエメル参謀長が言った。

キンメルとは対照的に、慎重な性格の人物だ。キンメルとしては、自分が行き過ぎたときに手綱（たづな）を引く役割を期待している。

「作戦本部も、当面は防戦に徹せよと伝えて来ております。サイパン沖の復讐戦は、戦力が整ってからとすべきでしょう」

「問題は、その防戦だ」

キンメルは、机上に太平洋の要域図を広げた。

現在――一九四一年二月時点における合衆国と日本の勢力圏が一目で分かるよう図示されている。

双方の勢力圏は、サイパン島沖海戦時から変わらない。

合衆国はマーシャル諸島を押さえたものの、フィリピン、グアムを喪失（そうしつ）した。

日本軍は、トラック環礁とマリアナ諸島を中心に守りを固めている。

双方共に、自軍の勢力圏を守っているのみだ。

ただ、オーストラリアとの協定に基づいて、ビスマルク諸島のラバウルに展開した陸軍航空隊の新型重爆撃機B17が、トラック環礁に繰り返し爆撃を行うと共に、潜水艦部隊が南シナ海、東シナ海、日本本土近海で、日本軍の艦艇や輸送船を攻撃していた。

「サイパン島沖海戦から四ヶ月が経過している。日本軍も、動き始める頃合いではないか？」

キンメルの問いに、情報参謀のエドウィン・T・レイトン大佐が答えた。

「日本軍の動向につきましては、傍受（ぼうじゅ）した通信の解読、通信量の増減分析、トラックへの航空偵察、潜水艦による港湾の監視といった手段を用いて探っておりますが、現在のところ、新たな作戦行動を起こす様子はありません」

「サイパン島沖海戦で与えた打撃が、こちらの見積もり以上に大きかったのだろうか？」

「その可能性はあります」

作戦参謀のレイク・マロリー大佐が言った。

作戦本部で対日戦の研究に従事していた前歴と、合衆国の在日大使館に武官として勤務した経験を併せ持つ。

リチャードソン前長官の下に配属される予定だったが、その前にサイパン島沖海戦が生起し、司令部が全滅したため、危うく難を逃れたのだ。

「日本の工業力は合衆国に比べて小さく、艦船の修理にも時間がかかります。特に、日本軍空母部隊の中で最も有力な『赤城』と『加賀』は、修理に半年程度を要すると見積もられます。新規に補充された艦上機クルーの訓練も行わねばならないことを考えれば、前線部隊への復帰は更に延びます」

「戦艦はどうだ？」

「現時点で日本軍が使用可能な戦艦は、金剛型の四隻だけです。長門型の二隻は、セイロン島沖海戦で主砲を失っていますから、修理に一年はかかるというのが情報部の分析結果です」

レイトン情報参謀が答えた。

「コンゴウ・タイプだけなら、さほど恐ろしい相手ではないな」

キンメルは微笑した。

太平洋艦隊に配属されたニューメキシコ級戦艦三隻は、長砲身三五・六センチ砲一二門を装備している。艦数は一隻少ないが、全砲門の数と一門当たりの破壊力では、コンゴウ・タイプを上回る。

撃ち合いになれば、太平洋艦隊が有利だ。

「日本海軍は、ナガト・タイプを上回る強力な新型戦艦を建造中との情報があります。この艦には、注意が必要です」

「その情報なら聞いている」

ドラエメルの意見に、キンメルは頷いた。

日本軍は、新型戦艦の情報を厳重に秘匿(ひとく)しているが、戦艦のような大型艦の建造を完全に隠し通せるものではない。

合衆国海軍は、呉(クレ)と長崎(ナガサキ)で新型戦艦一隻ずつが建造されていること、主砲は特(スペシャル)四〇センチ砲と呼称されていることまでを摑(つか)んでいる。

呼称から推測して、五〇口径以上の長砲身砲である可能性が高い。

合衆国の戦艦部隊にとり、大きな脅威となるが、合衆国もまた新型戦艦を建造している。

四月に竣工(しゅんこう)予定の「ノースカロライナ」を皮切りに、従来の戦艦とは一線を画(かく)する艦が、次々と登場して来る。

それらが出揃えば、日本軍の新型戦艦ごとき恐れるに足りない、とキンメルは考えていた。

「コンバインド・フリートの司令長官山本五十六(イソロク・ヤマモト)は、航空主兵思想の信奉者であり、戦艦よりも空母と航空機を重視しているとの情報があります。昨年一〇月のサイパン島沖海戦には、空母四隻に加えて、基地航空隊の九六陸攻(ネル)が参加しました。ヤマモトの戦術思想を考えますと、ナガト・タイプの戦列復帰や新型戦艦の竣工を待たずに、次期作戦を開始する可能性が考えられます」

マロリーの発言を受け、キンメルが聞いた。

「ヤマモトは、どこを狙って来るだろうか?」

「第一にビスマルク諸島、第二にマーシャル諸島と推測します。ビスマルク諸島のラバウルは、現在B17の基地として、トラックを直接脅かしております。同諸島を攻略しなければ、日本軍はトラックを艦隊泊地として利用できません。マーシャル諸島は中継基地として使用していますが、同地から直接トラックを叩くことも可能です」

マロリーは、地図上のビスマルク諸島とマーシャル諸島を交互に指しながら述べた。

「ビスマルク諸島の方が、可能性は高いでしょう」

それまで沈黙していたタワーズ副司令長官が、初めて口を開いた。

合衆国海軍では、航空機のパイロットから提督になった初めての人物だ。

キンメルは、副司令長官には大艦巨砲主義の信奉者を望んでいたが、海軍省は、

「今後は航空兵力が重要になる。太平洋艦隊でも、航空の専門家を重要なポジションに就ける必要がある」

との理由で、タワーズをオアフ島の司令部に送り込んだのだ。

「ラバウルのB17は、現にトラックを攻撃しているのです。どちらを脅威と見なすかは、考えるまでもありますまい」

「日本軍がマーシャル諸島よりもビスマルク諸島を優先する理由は、もう一つあります。オーストラリアに圧力をかけ、連合国から脱落させることです」

レイトンが、続いて発言した。

キンメルは、ぼそりと呟いた。

「政治上の理由か」

「ヤマモトは、海軍省の要職を歴任した軍政の専門家です。政治上の理由が、作戦に影を落とすことはあり得るでしょう」

「ヤマモトが軍政の専門家だという話は、私も聞いたことがある。本来は親アメリカ・イギリス派の人物であり、ドイツ、イタリアとの同盟にも反対した、ということも。そのような人物と戦わねばならぬというのは、悲しむべきことだが、私も太平洋艦隊を預かった以上は、ヤマモトと雌雄を決しなくてはなるまい」

「戦場は、ビスマルク諸島を想定しますか？」

マロリーの問いに、キンメルは少し考えてから返答した。

「ビスマルクとマーシャル、どちらに日本軍が来ても、対処できるように準備しておこう。彼らの次期作戦目標については、現在のところ、推測の域を出

ておらぬのだからな」

「こちらからトラックを攻める、という選択肢は、お考えになりませんか？」

ドラエメルが、意外そうな表情で聞いた。

強気のキンメルなら、

「日本軍が来る前に、こちらから打って出る」

と主張するものと考えていたのかもしれない。

キンメルは、かぶりを振った。

「リチャードソン前長官は、重大な間違いを犯した。自軍の力を過信し、敵の勢力圏に踏み込んでしまったのだ。敵のホームグラウンドで戦うという過ちを繰り返してはならない。今度は、こちらが日本軍を引き込んで叩く番だ」

第二章　戦線拡大

1

一九四一年三月二〇日二三時一四分、大英帝国海軍のL26部隊は、ジブラルタル湾口の西南西一〇浬地点にさしかかりつつあった。

昼間であれば湾口を遠望できるが、日没から五時間近くが経過した今は、イベリア半島の稜線がうっすらとうかがえるだけだ。

月が姿を見せるまでには、まだ三時間ほどある。

ジブラルタルは、地上も海面も厳重な灯火管制下にあり、マッチの火ほどの光も見えない。

闇の底に沈んだ湾を目指して、軽巡洋艦二隻、駆逐艦一二隻で編成されたL26部隊は、白波を蹴立てながら進んで行く。

「何もなければ、〇時半には入港できます」

旗艦「オーロラ」の航海士を務めるマイケル・ウォズ中尉が、海図台から顔を上げて報告した。

「入港後、直ちに荷下ろしを始めたとして、出港は二時前後か」

L26部隊の指揮官を兼任する「オーロラ」艦長バート・レイノルズ大佐は、航海長アレクサンダー・グリーン中佐と顔を見合わせた。

荷下ろしまではよしとして、帰路が問題だ。

気象班は、月の出は二時一四分、月齢は二三と報告している。

半月であるから、満月時ほど明るくはないが、海峡に潜むUボートには充分だ。

「陸地の影を利用する以外にありませんな」

グリーンは言った。

陸地を背にすれば、艦船は発見し難くなる。

また、陸地の近くは水深が浅いため、Uボートは深みに潜って爆雷攻撃から逃れる手が使えない。

過去、イギリス本土とジブラルタルの間を往復した部隊も、夜間にイベリア半島南岸に沿って航行したときには、攻撃されたことがほとんどなかったと報告している。

「まるで、猫を恐れるネズミだ」

レイノルズは、自嘲的に呟いた。

昨年一一月九日まで、ジブラルタルとその周辺は、大英帝国海軍の勢力圏だった。

ジブラルタル軍港には、地中海西部の作戦行動を担当するH部隊が駐留して、イタリア海軍や地中海への侵入を図るUボートに目を光らせ、沿岸砲台も周囲の海面に睨みを利かせていた。

ジブラルタル海峡の南岸にあるタンジール——一九一二年以来、国際管理地域となっていた港湾都市は、一九四〇年六月一四日、スペインによって占領されたが、海峡周辺の制海権はイギリスが握っていたのだ。

ところが、「ジブラルタルの惨劇」と呼ばれた一一月九日の戦闘を境に、状況は一変した。

フランス領モロッコにドイツ軍が進駐し、ジブラルタルのイギリス空軍基地や同地に補給物資を運ぶ輸送船団を攻撃し始めたのだ。

ジブラルタルの空軍基地は、五日間に亘る爆撃によって使用不能となり、イギリス陸軍の守備隊は、物資不足に困窮することとなった。

H部隊はイギリス本国に脱出したが、ジブラルタル周辺の制海権は枢軸軍の手に落ちたのだ。

現在モロッコは、タンジールをスペインが、他の全地域をドイツが、それぞれ占領下に置いている。枢軸国と枢軸寄りの中立国が、分け合った格好だ。

イギリス本国の統合幕僚会議は、モロッコへの上陸作戦を検討したが、ドイツ空軍は同地に三〇〇機以上の戦闘機、爆撃機を展開させている。

近くに、大規模な空軍部隊を展開させることが可能な場所はなく、イギリス海軍が保有する空母全てを投入しても、モロッコのドイツ空軍部隊には対抗できない。

アメリカ軍も、空母は太平洋を優先せざるを得ないのが現状だ。

イギリス海軍は、艦砲射撃による敵飛行場の破壊を検討したが、モロッコのドイツ空軍基地は、最も近い海岸から六〇キロ以上内陸にあり、戦艦主砲の射程外だ。

このため統合幕僚会議は、モロッコ上陸を断念し、当面はジブラルタルの維持に集中すると決めた。

問題は、輸送船ではジブラルタルに行き着くのはほとんど不可能ということだ。

積み荷を満載した輸送船は船足が遅く、動きも鈍い。爆撃を回避するのは、不可能と言っていい。

輸送船がジブラルタルで荷下ろしを終えた直後に爆撃を受け、補給物資全てを破壊されたこともある。

そこで目を付けられたのが、巡洋艦、駆逐艦だ。

航空機の活動が不活発になる夜間に、巡洋艦、駆逐艦が高速で海峡を突破し、ジブラルタル港に補給物資を下ろして引き上げるのだ。

巡洋艦、駆逐艦は、元々物資輸送のために建造された艦種ではない。運べる物資は、輸送船より遥かに少ない。

世界三大海軍国の一つであり、ヨーロッパでは最強と言っていい大英帝国海軍の艦が、ネズミのように敵の目を避けて行動しなければならない。

実際、この任務に従事する巡洋艦、駆逐艦の乗員は「ネズミ輸送」と呼んでいる。

ネルソン提督の衣鉢を継ぐロイヤル・ネイヴィーの軍人にとっては、身体が震えるほどの屈辱だ。

とはいえ、ジブラルタルの守備隊に確実に物資を届ける方法は他にない。

「彼らを飢餓に追いやる方が、海軍軍人にとり、遥かに大きな屈辱だ。それに比べれば、『ラット・キャリー』などという自虐的な呼称など、どうということはない」

リバプールからの出港前、レイノルズは部下たちにそう訓示していた。

部隊は、二〇ノットの艦隊速力で航進している。

一分でも一秒でも早く、ジブラルタルに入港し、荷下ろしを済ませたい。

夜明けまでにジブラルタル海峡の西側に脱出しなければ、ドイツ空軍による空襲は必至だ。

その恐怖と焦りが、自然と船足を速くしていた。

「左二〇度にジブラルタル湾口！」

二三時三一分、「オーロラ」の艦橋見張員が報告を上げた。

「各艦に信号。『部隊針路四五度。発動二三三七』」

「『部隊針路四五度。発動二三三七』。各艦に送信します」

レイノルズの命令に、信号長のロバート・ワイリー兵曹長が復唱を返した。

「油断は禁物だぞ」

艦橋内の全員に聞こえるように、レイノルズは言った。

まだ安心はできない。ジブラルタルを眼の前にして、Uボートに撃沈された艦もあるのだ。

荷下ろしを終えるまでは、気を緩めることはできなかった。

一分、二分と時間が経過する。

巡洋艦と駆逐艦合計一四隻の小部隊は、暗い海面を切り裂きながら、ジブラルタルへと向かってゆく。

「取舵一杯。針路四五度」

二三時三七分、グリーンが操舵室に下令した。

「取舵一杯。針路四五度！」

操舵長のヘンリー・シモンズ兵曹長が復唱を返したとき、不意に後方から赤い光が届き、「オーロラ」の右舷甲板を照らし出した。

「後部見張りより艦橋。『ズールー』被雷！」

悲鳴じみた声で報告が上げられ、炸裂音がそれに続いた。

「Uボートか⁉」

レイノルズの口から、半ば反射的にその言葉が飛び出した。

ジブラルタル湾口付近で魚雷攻撃をかけて来る敵は、Uボート以外に思い当たらない。

後方から、砲声が届き始める。

軽巡の一五・二センチ砲ではなく、駆逐艦の一二センチ砲のようだ。

「『ヌビアン』『モホーク』射撃開始。左砲戦！」

「艦長より通信、『ヌビアン』に繋げ！」

後部見張員の報告を受け、レイノルズは通信長ジョージ・コーウィン少佐に命じた。

状況が把握できない。

Uボートなら、陸地に近い左舷側ではなく、右舷側から雷撃をかけるはずだ。

敵は、Uボートではないのか。イタリア海軍の駆逐艦が、陸地の近くに潜んでいたのだろうか？

「コリント中佐です」

「状況を報告せよ。いったい、どうなっている⁉」

「ヌビアン」艦長アーサー・コリント中佐が隊内電話に出るや、レイノルズは怒鳴り込むように聞いた。

「魚雷艇です。敵の魚雷艇が、左舷側より雷撃をかけて来たのです！」

「……！」

レイノルズは、瞬時に状況を理解した。

魚雷艇のような小艇は、夜間には極めて発見し難い。陸地の影に隠れられたら、発見はほとんど不可能と言っていい。

敵はジブラルタルの湾口付近に隠れ、L26部隊に待ち伏せをかけたのだ。

また一隻が被雷したらしく、後方から炸裂音が届く。先にやられた「ズールー」と合わせて、被害は二隻だ。

今の時期、一隻でも貴重な駆逐艦が、ジブラルタルの将兵に運んで来た食料や弾薬もろとも炎に包まれている。

「旗艦より全艦。左砲戦。目標、敵魚雷艇。各個に射撃開始！」

「左砲戦。目標、敵魚雷艇。射撃開始！」

レイノルズはL26部隊の全艦に命じ、次いで砲術長ローレル・リンド中佐に下令した。

若干の間を置いて、「オーロラ」の左舷側に火焔がほとばしり、砲声が夜の海面に轟く。

健在な一〇隻の駆逐艦は各個に反撃を開始し、「オーロラ」の姉妹艦「ガラティア」も、一五・二センチ連装砲三基六門を撃ち始めた。

砲声は夜の海面に殷々と轟き、左舷側の海面に弾着の飛沫が上がる。

相手が魚雷艇なら、排水量は一〇〇トンに満たない小物だ。

一五・二センチ砲弾であれ、一〇・二センチ高角砲弾であれ、命中すれば一撃で木っ端微塵になるはずだった。

だが、Ｌ26部隊の左舷側海面に直撃弾の爆炎が躍ることはなかった。

敵の魚雷艇は、雷撃を行った後、陸地の影を利用して、いち早く逃げ去ったようだった。

やがて「オーロラ」の通信室から「砲撃止め」の命令が飛び、Ｌ26部隊は再びジブラルタルに向かって動き始めた。

2

スウェーデンの首都ストックホルムは、春の兆しを見せなかった。

在スウェーデン日本公使館付陸軍武官船坂兵太郎中佐は、

「三月に入れば、一日の最高気温が五度を超える日もある」

と、前任者から聞かされたが、今年は三月中旬を過ぎても、最高気温が氷点を超えるかどうかという日が多い。

例年に比べ、春の訪れが遅いように感じられた。

「この国の冬は、陰鬱でいかんな」

会見場所に姿を見せた在スウェーデン英国公使館付陸軍武官ジョセフ・コールドウェル中佐は、同意を求めるように、船坂に笑いかけた。

「北国の冬には慣れている。寒冷地で勤務した経験があるものでね」

船坂は応えた。

陸軍士官学校卒業後、秋田の第一七歩兵連隊や富山の第三五歩兵連隊、弘前の第八師団等に配属され、各連隊や師団で一年以上を過ごした。冬の間は、晴天の日の少なさと降雪量に閉口したものだ。

今となっては、ストックホルムに赴任する前の予行演習と考えられなくもないが。

「貴官の顔色がよくないのは、気候のためだけではないだろう。体調が思わしくないのであれば、日を改めてもよいが」

船坂は、気遣う口調で言った。

実際、コールドウェルの顔には憔悴の色が濃い。元々、鶴のような痩身だが、一層痩せ細ったように感じられる。充分な補給を受けられず、飢えに苦しめられている最前線の兵士を思わせる姿だ。

顔色はどす黒く、心痛をうかがわせた。公使館に伝えられる戦況は、中立国に駐在する武官をも苦悩させているのだろう。

会見場所は、官庁街の近くにあるホテルの一室であり、英国公使館からもそれほど離れていない。公使館に連絡を入れれば、すぐに迎えが来るはずだ。

「敵国の武官に気遣って貰うとは、恐れ入るね」

皮肉げな笑いを浮かべたコールドウェルに、船坂は真顔で応えた。

「敵国だからこそ心配しているのさ。数少ない窓口の一つだからな」

「リップサービスであっても、私の身体を気にかけてくれるのは有り難いことだ。リーマン中佐は、貴官のようなことは絶対に言わないからな」

在スウェーデン・ドイツ公使館付陸軍武官の名を、コールドウェルは口にした。

ドイツの公使館付陸軍武官ハンス・リーマン中佐も、船坂と同じように、米英の武官と独自に接触しているのだ。

「戦況については、リーマン中佐から聞かされているのだろうな。枢軸軍の優位を誇張した形で」

コールドウェルは本題に入った。

英独の武官の間で、どのようなことが話し合われたのかは、船坂にも察しがつく。

「ジブラルタルは完全に無力化された。早く降伏し、同地を明け渡した方が、無駄に血を流さずに済む」

「リビアの枢軸軍は、間もなくエジプトになだれ込む。早い段階で講和しなければ、イギリスは中東を失うことになる」

リーマンは、そんな脅しをかけたのだろう。

「リーマン中佐の話を、全て鵜呑みにするつもりはない。戦況については、複数の情報源から入手したものを付き合わせ、可能な限り客観的に把握しようと努めている」

船坂の答を聞き、コールドウェルは意外そうな表情を浮かべた。

目の前にいる相手は、ドイツの盟邦であり、イギリスと交戦している国の武官だ。

リーマンと同じように、威迫して来ると予想していたのかもしれない。

「我が国はドイツ、イタリアと同盟を結んでいるが、独自の国益を追求する立場だ。ヨーロッパの戦争に対する見方が、ドイツ、イタリアと異なるのは当然だろう」

「リーマン中佐よりは、客観的に見られるということか」

コールドウェルは、何かを探ろうとするような視線を船坂に向けた。

会見相手の言葉を真に受けていいものだろうか、と考えている様子だった。

「我が国大使館が入手した情報から判断する限り、貴国は北アフリカで苦戦を強いられている。ジブラルタルは無力化され、地中海は事実上枢軸国の内海と化した。エジプトも危険にさらされている。これは事実として、認めざるを得ないのでは？」

「……うむ」

コールドウェルは、不承不承頷いた。

ヨーロッパにおける主戦場は、大きく四つに分けられる。

第一にエジプト、第二にジブラルタル海峡、第三にドーバー海峡、第四に大西洋だ。

エジプトの戦いは昨年九月、イタリア領リビアに駐留していたイタリア軍が、エジプトに進攻したところから始まった。

同地の英軍は、イタリア軍に痛打を与えて撃退し、リビアに逆進攻をかけたが、ドイツ総統アドルフ・ヒトラーはイタリアを全面的に支援すると決定し、装甲二個師団を含む五個師団を派遣した。

ドイツ、イタリア両軍を統合したアフリカ装甲軍は、瞬く間にリビアから英軍を駆逐し、要港トブルクを攻略した。

現在、同軍はトブルクで消耗した兵力の補充を受けており、エジプトに進攻する準備を進めている。

北アフリカのもう一つの戦線、ジブラルタル海峡では、ドイツ軍が制空権、制海権を奪取した。

ドイツは、装甲二個師団を含む地上部隊六個師団をモロッコに送って連合軍の上陸作戦に備えると共に、空軍部隊とUボートによって、ジブラルタル海峡を封鎖している。

三月からは、イタリア海軍も海峡封鎖に加わり、ジブラルタルの英軍は、一層の苦境に立たされた。

英海軍はジブラルタルの守備隊に、高速の巡洋艦、駆逐艦を利用して補給を行っているが、これらの艦では、充分な物資は運べない。

「ジブラルタルの英軍は、遠からず食料も弾薬も尽き、降伏する。我が軍は、焦らずにじっくり待てばよい」

一週間前に情報交換を行ったとき、リーマンは自信ありげに、船坂に語ったものだ。

ヒトラーがその気になれば、スペインを経由し、陸路でジブラルタルに進攻することもできただろう。

スペインに武力を行使しなくとも、外交交渉によって領内通過の許可を得るという手段もある。

だが、それを行えば、スペインの連合国加入や米英によるスペイン侵攻を誘発する危険がある。

これ以上敵を増やさぬため、ドイツ軍は、フランス領モロッコへの進駐という手段を選んだのだ。

地中海の西側出入り口をドイツ軍が押さえたことは、エジプト戦線にも重大な影響を及ぼしている。

英海軍は、南アフリカの喜望峰を経由してエジプトに増援部隊や補給物資を送っているが、これには膨大な時間がかかるため、兵力の増強は遅々として進まない。

一方枢軸軍は、英軍による妨害をほとんど受けることなく、トブルクに兵力や補給物資を輸送できる。

アフリカ装甲軍によるエジプト総攻撃の時期は不明だが、船坂は早ければ五月、遅くとも六月には開始されると睨んでいる。

英本国に目を向けると、ドーバー海峡を挟んだ航空戦が続けられている。

昨年の英本土航空戦では、守勢を強いられた英国空軍だが、米国の参戦に伴い、反撃に転じたのだ。

現在、英本土には英国空軍機の他、米国より派遣された航空部隊が展開し、フランス、オランダ、ベルギー等にあるドイツ軍の航空基地や、欧州の大西洋岸に建設されている要塞に攻撃を加えている。

ベルリンの日本大使館は、

「来年以降、ドイツ本土に対する本格的な戦略爆撃が始まる」

と伝えて来ている。

大西洋では、Uボートの活動が活発化している。

一昨年九月の開戦時点では、ドイツ海軍は不充分な戦力しか有していなかったが、昨年後半より、大量建造に適したⅦC型Uボートが続々と竣工し始めたのだ。

ⅦC型は、竣工する端から前線に送り込まれ、英本土に向かう商船への攻撃やジブラルタル海峡の封鎖といった任務に就いている。

欧州戦線全体を俯瞰すると、ドーバー海峡以外の全ての戦場で、枢軸軍が優位に立っていると言っていい。

コールドウェルが憔悴するのも、無理からぬことであったろう。

「別ルートから得た情報だが、貴国では我が国、及びアメリカと単独講和を結ぶため、動いている人物がいると聞く。軍の中でも高位にある人物だと。それは事実なのか?」

「事実だ」

コールドウェルの問いに、船坂は慎重に言葉を選びながら答えた。

サイパン島沖海戦で大勝利を収めた後、山本五十六連合艦隊司令長官が、海軍省や政府に米英との講和を説いているという話は、海軍省軍務局にいる義弟の浜亮一中佐の手紙に記されている。

「我が国も、全員が親独派というわけではない。特に海軍には親米英派が多い。そのような人々の一部が、ドイツ、イタリアとの同盟を解消し、米英と単独講和を結ぶべきだと主張している」

「その運動が、実を結ぶ可能性はあるのか?」

「日本本土の詳しい状況は分かりかねるため、推測するしかないが、難しいだろうな」

三国同盟の締結以来、陸軍でも、海軍でも、親独伊派が主流となっている。

海軍の親米英派は、左遷はされないまでも、国策には直接関われない役職に就かされている。

親米英派の有力な人物だった山本が、海軍大臣ではなく、連合艦隊司令長官に親補されたのは、その好例だ。

親米英派が政府や軍部の主流派となり、米英との和平を推し進める可能性は望み薄だ。

仮に日本が単独講和を持ちかけたとしても、米英が応じるとの保証はない。

米国の在スウェーデン公使館付武官レイモンド・

バナー中佐は、

「サイパン島沖海戦における敗北は、合衆国国民の戦意を喪失させるどころか、逆に煽り立てる結果を招いた」

と、船坂に伝えている。

米太平洋艦隊の大敗は、米国民の復讐心を呼び起こしたのだ。

山本長官は、米国との短期決戦を企図してサイパン沖での決戦を挑み、大勝利を収めたが、政治的には、本来の意図と逆の結果を招いたと言える。

記録的な大勝利を収めたことが、かえって短期での戦争終結を困難にしてしまったのだ。

様子を見ながら講和の機会を探る以外にない。

それが、現在の状況だった。

「貴官は変わっているな」

コールドウェルは、論評するように言った。

「交戦国の武官と接触する場合には、自軍の優位を強く主張し、相手を屈服させようと図るものだが、貴官にはそういうところがない。祖国や盟邦の勝利を本気で願っているのかどうかすら、疑わしく感じられる」

「軍人が、祖国の勝利を願わぬはずがあるまい。私自身、祖国の最終的な勝利のために働いている。今、貴官と話をしているのも日本のためだ」

船坂は、肩を軽くそびやかした。

問題は、何を以て「勝利」とするかだ——と、腹中で呟いた。

昨年六月、ドイツがフランスを降伏させたような形での勝利が可能だとは、船坂は考えていない。

日本には、米本土に上陸してワシントンまで進攻する力はないし、欧州に兵力を派遣して、英本土に上陸する力もない。

日本に望み得る「勝利」は、有利な条件で米英と講和を結ぶことだ。

中立国における自分の活動も、全てそのためにある、と船坂は考えていた。

「今度は、こちらからうかがいたいが」

船坂の一言に、コールドウェルは一瞬警戒したような表情を浮かべたが、すぐに平静に戻った。

「答えられることであれば」

「貴国やアメリカが、ソ連と頻繁に接触を図っていると聞く。駐ソ連大使がクレムリンに日参している他、中立国でも公使同士、あるいは駐在武官同士の話し合いが持たれている、と。これは、事実なのだろうか？」

日本とドイツが最も恐れていることが、ソ連の連合国加入だ。

ドイツは軍の主力を米英との戦いに振り向ける一方、万一の事態に備え、東部国境の守りも固めている。

日本も、満ソ国境の警備を強化し、ソ連軍の満州侵攻に備えている。

一昨年のノモンハン事件で、関東軍の精鋭部隊がソ連軍に叩きのめされたことは、まだ記憶に新しい。

ソ連が参戦し、満州やドイツ本土になだれ込んで来たら破局は必至だ。

コールドウェルはかぶりを振り、そっけない口調で言った。

「それは、私の口からは答えられない。知りたいのであれば、ソ連の武官と接触するか、モスクワにある貴国の大使館に問い合わせてみることだ」

3

同じ日、ストックホルムから東に一二〇〇キロ以上離れた場所に位置するソビエト連邦の首都モスクワでは、雪が降っている。

降雪量は厳寒期ほどではないが、クレムリン宮殿の中央に位置する大宮殿やソビエト連邦最高会議幹部会館、アルハンゲリスキー大聖堂の屋根はうっすらと雪に覆われ、赤の広場では、共産党の職員や赤軍の兵士が雪かきに当たっていた。

閣僚会議館の書記長執務室では、ソ連共産党書記長ヨシフ・スターリンが、赤軍参謀総長ゲオルギー・ジューコフ大将の報告を受けている。

外の気温は氷点に近いが、スターリンの執務室は暖房が効いており、厚着をしていると汗ばむほどだった。

「国境は静かなものです、同志書記長。ドイツ軍、日本軍共に越境はなく、侵攻して来る気配もありません」

ジューコフは、静かな口調でスターリンに告げた。

「ヴィスワ川の西岸には相当数のドイツ軍部隊が展開しており、戦車も含まれているとのことだが」

「それは我が国への侵攻ではなく、我が国の攻撃を警戒してのものだと判断されます。情報部からの報告によれば、ドイツ軍が保有する戦車のうち、新型はエジプト、モロッコへの配備が優先されており、ヴィスワ河畔に配備されているものは、二号戦車C型、三号戦車E型といった旧式車輛が多くを占めている、とのことです」

「満州との国境は？」

「国境警備に当たっている日本軍部隊は、歩兵が過半を占めており、戦車はほとんど見られません。三日に一度の割合で、国境線付近を日本軍の偵察機が飛行することがありますが、国境を越えた機体はありません」

「ソビエト極東領に攻め込んで来る気配は、全くないということだな？」

「左様です」

ジューコフは、小さく笑って付け加えた。

「彼らには怯えがあるのでしょう。一昨年、ハルハ川の河畔で、赤軍が皇帝の無能な陸軍とは違うことを思い知らせてやりましたから」

「長谷川にせよ、ヒトラーにせよ、今の状況下で我が国を敵に回すほど愚かではあるまい」

スターリンは日本とドイツの為政者の名を呼び、うっすらと笑った。

「イギリス、フランスだけならまだしも、アメリカが参戦しましたからな」

同席している外務大臣ヴィヤチェスラフ・モロトフが、後を引き取った。

資本主義国家のアメリカは、ソ連とは相容れない体制を持つ国家だが、同国が世界最大の国力を持つことは認めざるを得ない。

そのアメリカと開戦した以上、ドイツも、日本も、ソ連と戦う余裕はないはずだ。

「そのアメリカとイギリスが、我が国に参戦を呼びかけているとのことですが」

国防大臣セミョーン・ティモシェンコ元帥の言葉に、モロトフが応えた。

「おっしゃる通り、アメリカとイギリスの大使は毎日のように外務省を訪れ、『ソビエトの参戦を。日本とドイツに正義の鉄槌を』と求めております。相互不可侵条約を理由に、断り続けておりますが」

「それでよい。我がソビエト連邦は、外国と結んだ条約は遵守する国だ。国際信義の面から考えても、条約の一方的な破棄はできぬ」

スターリンは、相変わらず笑顔を浮かべたまま言った。

その笑顔は、たった今の言葉が本心からのものではないことを物語っている。

条約はあくまで建前だ。今は、その建前を守った方が国益上プラスになるから守っているだけだ、との意が表情の裏に透けて見えた。

「ドイツ、イタリア、日本も、アメリカ、イギリスも、我がソビエト連邦とは相容れぬ体制の国家であり、潜在的な敵国だ。その敵国同士が潰し合ってくれるのだ。我が国にとり、これほどうまい話はあるまい？」

「同志書記長のおっしゃる通りですが、ドイツと日本の連絡線を現状のままにしておいてよろしいのですか？」

ジューコフが、懸念を口にした。

現在、ドイツと日本はシベリア鉄道を利用し、相互に連絡を取り合っている。

人の往来に留まらず、兵器の図面や見本まで相互に提供し合っている。

日本がフランス領インドシナに侵攻したときには、シベリア鉄道で日本まで運ばれた二号戦車が使用されたとの情報もある。

政府や軍の一部からは、

「兵器の輸送は拒否すべきでは？」

との意見も上げられたが、スターリンは兵器の輸送には割増料金を払わせる条件を付けただけで、日独の軍事交流を黙認している。

これはソ連にとり、外貨の獲得源になっている反面、ドイツと日本が強大化するのでは、との懸念がある。

ドイツの技術水準は非常に高く、航空機、地上兵器とも優れたものが多い。日本もドイツほどではないにせよ、独自の発想に基づく高性能兵器を持つ。

その両国の交流が進めば、どちらも強力な軍事大国になり、ソ連を脅かすのではないか、とジューコフは危機感を抱いているのだ。

「構わぬよ」

ごくあっさりと、スターリンは答えた。

「同志ジューコフ、この戦争はどちらが勝つと考えるかね？」

「それは連合国でしょう。現状では枢軸側が優勢に戦いを進めていますが、ドイツ、イタリア、日本とアメリカ、イギリスでは国力が違います。連合国は、一時的に押されることはあっても、最終的な勝利を握ることは間違いありません」

「その通りだ」

スターリンは、生徒が正解を出したことを喜ぶ教師のような口調で言った。

「この戦争は、連合国が勝つ。ドイツや日本がどれほど奮闘しようとも、国力の違いはどうにもならぬ。しかし、あまりあっさりと片付いても困る。ドイツと日本には、アメリカとイギリスをできる限り苦しめて貰う。ドイツと日本が崩壊した時点で、アメリカ、イギリスも疲弊していることが、我が国にとって最も望ましい」

「漁父の利を得る。それも、獲物はできるだけ多く、ということですな？」

国防相の一言に、スターリンは眉をぴくりと動かした。

「獲物などという言葉は使うな、同志ティィモシェンコ。我々は、世界を盗もうとしているわけではない。資本主義の軛から世界を解放するのが、我がソビエト共産党の崇高な使命なのだ」

ティモシェンコの顔から血の気が引いた。

言葉の使い方が思想的に好ましくないことを、スターリンに指摘されたのだ。

「申し訳ありませんでした、同志スターリン。厳しく自己批判し、二度とこのような言葉は使わぬと誓います」

「まあよい」

ティモシェンコの狼狽ぶりが可笑しかったのか、スターリンは小さく笑った。

この程度の言葉遣いで、国家の要職にある者を収容所送りにするつもりはないようだった。

「ヨーロッパと太平洋が血で染まった後は、偉大なる思想が世界を染める時代がやって来る。枢軸国と連合国は徹底的に殺し合い、血を流し合えばよいのだ。その一滴一滴が、世界革命の糧となる」

4

「南へ行けというのか？」

「そうだ。ビスマルク諸島を攻略し、トラックの安全を確保すると共に、豪州に圧力を加えて貰いたい」

山本五十六連合艦隊司令長官の問いに、軍令部総長嶋田繁太郎大将はこともなげに頷いた。

東京・霞ヶ関の軍令部だ。総長室には、山本と嶋田の他、海軍大臣の塩沢幸一大将が参集している。

海軍三顕職が一堂に顔を揃えての会談だが、山本、嶋田、塩沢は海軍兵学校三二期の同期生であるため、対等の言葉遣いで話していた。

「トラックの安全確保は分かるが、豪州への圧力というのは、ドイツからの要請を受けてのことか？」

「政務参謀から、そのあたりの情報は受け取っている」

「察しがいいな」

「俺から話そう」

塩沢が、脇から割り込んだ。

現在ドイツは、イタリアと協力してジブラルタル海峡を封鎖すると共に、エジプトの攻略を狙っている。

その大きな障害となっているのが、インド洋経由で豪州からエジプトに送り込まれる部隊だ。

豪州兵は頑健であり、大陸西部のグレートビクトリア砂漠で、砂漠戦の訓練も積んでいる。

ドイツ、イタリアの陸軍部隊にとっては、非常に厄介な敵なのだ。

そこで、日本が北から豪州を圧迫する。

豪州を連合国から脱落させることができれば最善だが、牽制だけでもよい。

豪州は自国の防衛を優先せざるを得なくなり、北アフリカに派兵する余裕がなくなる。

結果、ドイツ、イタリアのエジプト攻略は容易になり、英国を一層の苦境に陥れられる。

英国が屈服すれば、米国は参戦の大義名分を失い、講和の道を選ぶと考えられる。

これは、山本がかねてより主張していた短期決戦にも繋がる戦略である——。

「目論見通りに行くかな？」

山本は首を傾げた。

日本が豪州に圧力を加えれば、米国が全力で豪州を支援するであろうことは、容易に想像がつく。

豪州が欧州への派兵を取り止めるというのは、楽観が過ぎるように思われた。

「ビスマルク諸島の攻略だけで効果がなければ、更に南東へと進めばよい」

嶋田が、机上に豪州を中心とした地図を広げた。

豪大陸の東に位置する島々――ソロモン諸島、ニューヘブリデス諸島、ニューカレドニア島までが含まれている。

これらの島々を陥とせば、豪州は米国との連絡線を切断され、孤立する。

豪州は欧州への派兵を取りやめるだけではなく、枢軸国に単独講和を申し入れて来るかもしれない、と嶋田は語った。

「軍令部が主張していた米豪分断作戦だな？」

「その通りだ」

嶋田は、自信ありげに頷いた。

軍令部の中でも、作戦を担当する第一部には、海軍大学の甲種学生を優秀な成績で修了した者が集まっている。

その彼らが作成した計画に、嶋田は絶対的な自信を持っているようだった。

だが山本は、ゆっくりとかぶりを振った。

「GFの長官としては賛成できない。ソロモンやニューヘブリデスまで陥とすとなると、兵站が長くなり過ぎる。一時的な占領はできるかもしれないが、長期に亘っての維持は困難だ。我が軍の消耗や戦争の長期化も懸念される」

「できぬと言うのか？」

「ビスマルク諸島の攻略まではやれると考えている。元々、米国が参戦した場合には、早期にラバウル、カビエンを攻略する計画を立てていたのだからな。だが、その先までは確信が持てぬ」

「米太平洋艦隊は、サイパン島沖海戦で壊滅した。いかに米国といえども、あの損害から回復するには数年はかかる。今なら、ビスマルク諸島からソロモン、ニューヘブリデスと島伝いに進み、ニューカレドニアまで一気に陥とせる」

嶋田は、語気を強めて主張した。

セイロン島沖、サイパン島沖の二大海戦を制し、「昭和の東郷平八郎」とまで称されるようになった山本が何を恐れるのか、と言いたげだった。

「米艦隊には確かに大きな打撃を与えたが、壊滅とまではゆかぬ。特に、空母はまだ残っている」

サイパン島沖海戦は奇策によって勝利を得た、と山本は考えている。

連合艦隊が米太平洋艦隊に壊滅的な損害を与えることができたのは、砲戦の真っ最中に、艦爆、艦攻による航空攻撃を実施したからだ。

どのような艦種であっても、水上砲戦と対空戦闘を同時に行うことはできない。

敵に「二兎(にと)を追う」戦闘を強いることで、「日本海海戦に比肩(ひけん)し得(う)る」とまで賞賛されるほどの大戦果を収め、米艦隊をマリアナ諸島から撃退できたのだ。

ただし、この戦術は日本軍の専売特許ではない。

次の戦いでは、米軍も同様の戦術を用いる可能性も考えられる。

その鍵(かぎ)となるのが空母なのだ。戦艦を多数沈めたからといって、決して安心はできない。

「先のことは先のこととして、まずビスマルク諸島を攻略してはどうだ？　どのみち、ラバウル、カビエンの攻略は作戦計画に入っていたのだ。ビスマルク諸島を陥とさぬ限り、トラックの安全は確保できまい。ソロモンやニューヘブリデスの攻略については、また別に考えればよい」

塩沢の主張に、山本は反論した。

「行き当たりばったりではないか。そのような考えでは、戦争をいたずらに長引かせるばかりだ」

「貴様はそう言うが、トラックで防空戦闘を続けるだけでは埒(らち)があくまい」

「他の選択肢はないのか？　サイパン沖で勝利を収めた後、俺は『米軍が動けぬ今こそ、講和の機会だ』

と伝えたはずだ。米英との戦争は、短期決戦以外にはない。長期戦になれば、米国の国力が物を言い、今の優位も逆転される。一日遅れれば、敵はそれだけ戦力を回復するのだ」

「政府が何もしていなかったような言い方は心外だ。貴様が今言ったようなことは、総理も承知しておられる。総理が二度の米国駐在を経験されたことを忘れたか」

山本は、束の間沈黙した。

塩沢の言う通りだ、と腹中で呟いた。

現在の内閣総理大臣長谷川清大将は、米国の国力について、山本以上に知悉している。

「米英に対しては、スイス、スウェーデン、スペインの大使館、公使館を通じて、水面下での交渉を何度も試みたが、いずれも不首尾に終わった。両国は開戦前よりも態度を硬化させ、三国同盟の破棄、占領地からの即時撤退、満州国の解体、南洋諸島の統治権放棄、陸海軍の大幅な削減といった条件を突きつけている。どれ一つとして、呑めぬ代物だ」

嶋田が、脇から口を挟んだ。

「米国も、英国も、おそらく意地になっている。セイロン島沖、サイパン島沖での大敗は米英にとり、耐え難い屈辱だろう。何としても復讐戦に勝ち、汚名を濯がねばならぬ。チャーチル（ウィンストン・チャーチル。英国首相）も、ルーズベルト（フランクリン・デラノ・ルーズベルト。米大統領）も、そのように考えているのではないか？」

「勝ったことが悪いような言い方だな」

「そうは言っておらぬ。米英が態度を硬化させた理由を、推測しただけだ」

「話を戻すが――」

山本は塩沢に向き直った。

「三国同盟の破棄と占領地からの撤退は、受諾できるのではないか？　元々はドイツが始めた戦争であり、我が国は巻き込まれただけだ。三国同盟は我が国にとり、得たものよりも失ったものの方が大きかったと考えるが」

「同盟の破棄も、占領地からの撤退も、国内の抵抗が強すぎる。陸軍は親独派が主流だし、外務省は国際信義にもとると主張している」

「ドイツは信用に値する国家なのか？　ドイツがポーランドに侵攻するにあたり、我が国への事前通告はなかったぞ」

「ドイツは、盟約には忠実だ。米国が我が国に宣戦を布告したとき、盟約に従って対米参戦を行っているし、軍事技術も供与してくれている。一方的に同盟を破棄すれば、信頼を失うのは我が国の方だ。今後は、どこの国も我が国とは同盟を結んでくれないだろう」

塩沢に続けて、嶋田も言った。

「米英の要求を呑んだ場合、国内世論の強い抵抗も予想される。我が軍は今のところ、勝ち続けているのだからな。勝っているにも関わらず、同盟の破棄や占領地からの撤退を受け容れたりすれば、暴動が起こりかねない。日比谷焼き討ち事件のことは、貴様も覚えているだろう？」

嶋田が口にしたのは、日露戦役の終結後に起きた騒動のことだ。ロシアとの講和条約に強い不満を抱いた国民が、日比谷に集まり、暴動を起こしたのだ。

山本、嶋田、塩沢は、当時少尉候補生であり、暴動の様子を直接自分の目で見てはいないが、報道等によってあらましは知っている。

「第二の日比谷事件が起こると言いたいのか？」

山本の問いに、嶋田はかぶりを振った。

「日比谷事件程度では済むまい。もっと酷いことになるかもしれん。最悪の場合、内戦が起こる可能性すら危惧される」

内戦になったとしても、米英と戦い続けるよりはました――その言葉を、山本は途中で呑み込んだ。

内戦は、日本国民同士の殺し合いを意味する。そのようなことになれば、誰よりも陛下が悲しまれる、と思ったのだ。

「大本営と政府が和平で一致することは望めぬか？」

「米軍に決定的な勝利を収めることがかなえば、あるいは――」

山本の問いに、塩沢が少し考えてから答えた。

「我が軍がラバウル、カビエンの攻略を図れば、米軍は必ず出て来る。そこを捉え、今度こそ完膚なきまでに叩きのめし、反撃の手段全てを奪い去るのだ。そこまで追い込めば、米国も講和の話し合いに応じるかもしれぬ。米国との講和が成れば、英国も従うだろう」

「求められるものは完勝のみ、か」

昨年一〇月のサイパン島沖海戦を、米太平洋艦隊との最初で最後の対決にしたいと願っていたが、そうはならなかったか、と腹中で呟いた。

「やってくれるな、山本？」

すがるように聞いた嶋田に、山本は頷いた。

「大本営の命令とあらば、全力で勝利を捥ぎ取らねばなるまい」

「ありがたい！」

嶋田と塩沢は、相好を崩した。

海軍三顕職が、ようやく意見の一致を見たことを、喜んでいる様子だった。

「作戦の時期は、いつを考えている？」

塩沢の問いに、山本は用意していた答を返した。

「六月中旬としたい。その頃には、サイパン島沖海戦の傷も癒えるだろうし、新戦力も整っている」

第三章　機動部隊始動

1

瀬戸内海西部の柱島泊地は、大きく様変わりしていた。

昨年一〇月まで、泊地の主役は、巨大な主砲塔と天を衝くような艦橋をそびえ立たせた戦艦群だったが、昭和一六年六月一日現在、平べったい甲板と小さな艦橋を持つ空母がそれに替わっている。

空母の数は八隻。

一際目立つのが、開戦以来、空母部隊の主力として活躍した第一航空戦隊の「赤城」と「加賀」だ。両艦ともサイパン島沖海戦で損傷したが、現在は修理と対空火器の増強工事を完了し、戦列に復帰している。

開戦時にはなかった艦も、戦列に加わった。

いずれも「赤城」「加賀」より一回り小さく、島型の艦橋を持たない平甲板型だ。一見、巨大なまな板を海面に浮かべたようにも見える。

他艦種から改装された小型空母だった。

一〇時丁度、空母「赤城」の作戦室に、山本五十六大将以下の連合艦隊司令部幕僚と、各艦隊の司令長官、戦隊司令官らが参集した。

本来であれば、旗艦の長官公室に各艦隊の指揮官を呼び寄せるところだが、現在連合艦隊司令部は、呉鎮守府に間借りしているため、「赤城」が作戦会議の場に選ばれたのだ。

山本の向かいには、新たに編成された第一航空艦隊の司令長官塚原二四三中将と参謀長大森仙太郎少将が腰を下ろしている。

第一航空艦隊は、空母を中心とした初めての艦隊であり、「機動部隊」とも呼称される。

塚原は、海軍大学の甲種学生修了後、航空関連の職を歴任しており、航空戦に関しては海軍きっての専門家と言ってよい。一航艦の長官には、うってつけの人物だ。

参謀長には当初、「赤城」の艦長としてセイロン島沖海戦、サイパン島沖海戦を戦った草鹿龍之介大佐が予定されていたが、

「私は航空中心でやって来たため、艦隊の運用には経験が乏しい。参謀長には、艦隊の運用に長けた者をいただきたい」

と塚原が希望したため、大森が選ばれたのだ。

大森は、駆逐隊の司令や水雷戦隊の司令官を歴任した他、水雷学校の教官を務めた経験もある。サイパン島沖海戦では、連合艦隊旗艦「伊勢」の艦長として奮戦した。

塚原の要望には、申し分のない幕僚と言えた。

「軍令部より大海令（大本営海軍部命令）が届いた。機動部隊にはラバウル、カビエンをやって貰う」

山本が最初に口を開き、塚原らに任務を告げた。

「承知しました」

塚原が、ゆっくりと頷きながら返答した。

太く、力強い声だが、さほど気負った様子は感じさせなかった。

次の作戦目標がビスマルク諸島となるであろうことは、塚原を始めとする一航艦の司令部幕僚も予想していたのだ。

「半数を小型空母が占めるとはいえ、八隻もの空母を一つの艦隊に集中するのは、帝国海軍始まって以来だ。他国にも、おそらく例がない。だが、ラバウル、カビエンには多数の航空兵力が集中しており、航空要塞とも呼ぶべき規模になっている。これを叩くには、空母の集中運用以外にはないと考え、機動部隊を編成したのだ」

そこまで言って、山本はニヤリと笑った。

「本音を言うと、セイロン島沖、サイパン島沖の二大海戦で、金剛型以外の戦艦がほとんど使用不能になったため、空母を前面に押し立てて戦わざるを得なくなったということもある。しかし、GF長官としては、これはむしろ好機だと考えている。開戦以来、空母と航空機が重要な役割を果たしているにも

関わらず、海軍の戦術思想は、依然として大艦巨砲主義が幅を利かせている。今度の作戦で、航空兵力の有用性を実証すれば、空母と航空機を新たな海軍の主力として位置づけることも可能だと考える」

第一航空艦隊の中核となるのは、第一航空戦隊の「赤城」「加賀」、第二航空戦隊の「蒼龍」「飛龍」、第三航空戦隊の「龍驤」「瑞鳳」、第四航空戦隊の「千歳」「千代田」だ。

「瑞鳳」は給油艦から、「千歳」「千代田」は水上機母艦から、それぞれ小型空母に改装された。

「千歳」「千代田」は、元々戦時には短期間で空母に改装可能なように設計されており、昨年末、空母への改装が完了した。

搭載機数が四〇機に満たない小型空母ではあるが、二隻を合わせれば正規空母一隻分の戦力となる。

これらに護衛として、第三戦隊の高速戦艦「金剛」「榛名」「霧島」「比叡」、第八戦隊の重巡「利根」「筑摩」、第一〇戦隊の軽巡「長良」「阿武隈」と駆逐艦一六隻が付く。

セイロン島沖海戦、サイパン島沖海戦では、艦隊の中心となるのは第一に戦艦、第二に重巡であり、空母と艦上機は、それらの艦を支援するための兵力と見なされていた。

これに対して、一航艦の主力は空母と航空機だ。戦艦を含めた他の艦種は、その護衛となっている。

山本や井上成美らが提唱してきた航空主兵思想を具現化した艦隊なのだ。

「この艦隊は、海戦のやり方を革命的に変えてしまうかもしれない」

一航艦の編成が決定されたとき、山本は連合艦隊の司令部幕僚にそう語っていた。

「責任重大ですな」

塚原が微笑した。

八隻もの空母を指揮できる、という喜びと、長年航空戦について研鑽を積んできた自信が、その笑顔に表れていた。

「貴官ならやれると信じている」

山本が大きく頷き、塚原に対する信頼を表した。次いで、航空参謀日高俊雄中佐に顔を向け、

「敵情について報告せよ」

と命じた。

「トラックの索敵機が探ったところによれば、カビエンには一箇所、ラバウルには二箇所に飛行場が設けられています。また、カビエンには主として戦闘機が、ラバウルには爆撃機が、それぞれ配備されています」

日高は、塚原の前にラバウル周辺の地図を広げて説明した。

「城に喩えるなら、カビエンは表門、ラバウルは本丸というところだな」

塚原は、地図を見つめながら言った。

日高は、言葉を続けた。

「一点、特に注意していただきたいことがあります。米軍は既に電波探信儀を実用化しており、ラバウル、カビエンにも設置しています」

「電波探信儀？　昨年の英本土航空戦で、英国が本土に多数配備していたという、あれかね？」

塚原は僅かに眉をひそめ、聞き返した。

（流石は塚原長官だ。独自に調べておられたのか）

腹の底で、日高は呟いた。

英軍は本土に多数の電探を設け、ドイツ機の侵入を早期に探知する仕組みを作り上げた。

結果、ドイツ空軍の攻撃部隊は、位置、針路、高度、機数等を英軍に突き止められ、多数の戦闘機による迎撃を受けることとなったのだ。

ドイツ空軍が、英本土航空戦で敗北を喫した裏には電探の働きがある。

塚原は航空の専門家であるだけに、その情報を入手していたのだろう。

「ラバウル、カビエンの偵察に当たった索敵機は、一度ならず敵戦闘機の迎撃を受けています。偵察写真の中にも、電探用のアンテナと思われる構造物を

捉えたものがあります。ラバウル、カビエンに電探が設置されていることは間違いありません」

「となりますと、ここは手堅く攻めた方がよさそうですね」

戸塚道太郎少将に替わって、第二航空戦隊司令官に任じられた山口多聞少将が言った。

温厚そうな外見の人物だが、並々ならぬ闘志の持ち主との評がある。塚原とは気が合いそうだ。

「空母八隻分の艦上機で、ラバウル、カビエンを同時に叩く手も考えましたが、一箇所ずつ確実に潰していった方が、間違いがなさそうです」

「同感だな」

塚原が頷いた。

「兵力を分散すれば、こちらの損害も増える。損耗した艦上機と搭乗員は、前線では補充ができぬ。こちらの被害を抑えつつ、戦うようにしなければ」

それでよいな、と問いたげに、日高をちらと見やった。

「搭乗員に、過大な負担をかけぬようになさって下さい。優秀な搭乗員は、失ったら補充が利きません。短期決戦の見通しが立たぬ現在、人材の損耗は極力抑えていただきたいのです」

一航艦が編成されたとき、日高は塚原にその要望を伝えている。

「損耗をゼロにするというのは非現実的だが、極力抑えるよう努力する」

と、塚原は約束していた。

塚原は、あらたまった口調で山本に聞いた。

「一点、はっきりさせていただきたいことがあります。敵艦隊、特に空母の出現が懸念されますが、状況によっては二兎を追わねばならない可能性が考えられます。その場合、空母と敵基地のどちらを優先するのかをうかがっておきたいのです」

「空母だ」

塚原の問いに、山本は一切躊躇することなく答えた。たった今の問いを、予想していたようだった。

「作戦目的はラバウル、カビエンの占領だが、同時にサイパン島沖海戦に続いて米軍に大打撃を与え、当分来寇不能にしたいと考えている。戦艦のほとんどを失った米海軍が、更に空母まで失えば、向こう二、三年は大規模な作戦を実施できなくなる。そこを捉えて、講和に持ち込みたいのだ」

「そのためにも空母を、ということですな？」

「機動部隊のビスマルク諸島進出に合わせ、トラックに一一航艦の陸攻隊を展開させる。ラバウル、カビエンに対する航空攻撃が母艦機だけで不充分なら、基地航空隊に出撃を要請してもよいだろう」

「航空攻撃だけで飛行場を潰せなければ、艦砲で叩く手もあります。いざとなれば、金剛型四隻で、ラバウル、カビエンを砲撃しましょう」

「頼もしいことだ」

第三戦隊司令官三川軍一少将の言葉を受け、山本は満足げに頷いた。

三川はサイパン島沖海戦で、第七戦隊を率いた指揮官だ。海戦の終盤には、第二水雷戦隊と協同して、コロラド級戦艦に雷撃を敢行し、止めを刺している。

「朗報を期待している」

山本はその一言で、作戦展開に関する打ち合わせを締めくくった。

以後、作戦会議は、艦隊の燃料補給や出港後の航海計画に移行していった。

「機動部隊と一緒に、最前線に出たいと思ったのではないかね？」

作戦会議の終了後、呉軍港に戻る内火艇の後部キャビンで、山本が日高に話しかけた。

「お叱りを受けるかもしれませんが、そのように思いました。できることなら転属願いを出し、自ら操縦桿を握って、敵と戦いたい、と」

日高は、正直に答えた。

「そのようなことはありません」との回答が口元ま

で上がったが、山本は洞察力が鋭い。

本心とは異なる答を返しても、見破られそうな気がしたのだ。

「根っからの飛行機屋だな、君は」

山本は、小さく笑った。

「私は航空主兵思想の提唱者といっても、本来の専門は砲術だ。航空戦に関する知見は、最初から飛行機一筋で来た者たちに遠く及ばぬ」

「長官が江田島を卒業された年次を考えれば、致し方のないことと考えますが」

「私が航空界に転じたのは大佐になってからだ。少佐か、せめて中佐のときに、航空を新たな専門に選んでいれば、と思うのだ。早い段階で、航空の将来性に注目した人々が羨ましい、とね」

「専門家を使いこなすことが肝要では？」

山本の隣に腰を下ろしている、参謀長の伊藤整一少将が言った。この四月、軍令部の第一部長に異動した福留繁の後を受けて、山本の幕僚に迎えられた人物だ。

「だからこそ、航空参謀にはGF司令部にいて貰わねばならんのだ」

山本は、少し離れた場所に座っている三和義勇作戦参謀をちらと見やった。

「作戦参謀に航空屋が入ったが、まだ充分とは言えない。最低でも、三人程度は航空屋が欲しいところだ。この戦争を戦い抜くためだけではなく、新しい時代の戦に対応するためにも」

2

六月九日未明、アメリカ合衆国海軍の潜水艦「スレッシャー」は、サイパン島南東沖の海面下に潜み、出入港する艦船の様子をうかがっていた。

島の南東部には、ラウラウ湾という広々とした湾があるが、日本の船は、軍艦と商船を問わず、西岸のタナバク港を主に使っている。

ラウラウ湾を使用する船は少なく、合衆国海軍の潜水艦も、多くは島の西岸沖で獲物を狙っている。

にも関わらず、「スレッシャー」がラウラウ湾の湾口付近に潜んでいるのは、ハワイの潜水艦隊司令部より緊急信が届いたためだ。

日本本土近海で、敵情を探っている潜水艦「スピアフィッシュ」からの報告で、

「六月五日一〇時三四分（現地時間）、日本艦隊は豊後水道（ブンゴ・チャンネル）を通過せり。敵は大型艦六隻から八隻を伴えり」

と伝えていた。

「大型艦」の艦種ははっきりしないが、戦艦か空母である可能性が高い。

現在の状況から判断して、日本艦隊の目的はラバウル、カビエンの攻略か、マーシャル諸島の奪回のいずれかと考えられる。

トラック環礁はラバウルからの空襲下にあって使用できないから、サイパン島かグアム島で燃料を補給し、目的地に向かうはずだ。

タナバク港は狭いため、複数の大型艦を含む大艦隊の泊地に適さない。

「スレッシャー」艦長ニール・バンクス少佐は、

「敵は、ラウラウ湾で燃料を補給する可能性が高い」

と考え、ラウラウ湾で網（あみ）を張ると決めたのだ。

昼間は、サイパンに配備されている駆潜艇や水上機の目を避けて潜航し、夜間に浮上して、バッテリーを充電する。

その繰り返しで、四日間を過ごして来た。

今日あたり、日本艦隊が姿を見せるのではないか、とバンクスは期待している。

ラウラウ湾周辺で哨戒任務に就いている駆潜艇が、いつもよりも多いためだ。

ソナーマンは「駆潜艇は八隻」と報告している。

「スレッシャー」は潜航し、ソナーだけを利かせて、敵の動きを探っていた。

「推進機音探知。本艦よりの方位一〇度、一万五〇〇〇ヤード。艦艇数は不明なれど、多数の模様」

現地時間の五時五五分、水測長を務めるローレンス・ダンカン兵曹長が報告を上げた。

「来たか」

バンクスは、航海長アート・フェアチャイルド大尉と頷き合った。

予想した通り、日本軍の大艦隊が姿を現したのだ。四日前にブンゴ・チャンネルを通過した艦隊に間違いない。

「ダンカン、駆潜艇の位置は？」

「最も近いもので、本艦よりの方位二九〇度、一万ヤードです」

「よし、潜望鏡深度まで浮上」

バンクスは即決した。

「大丈夫ですか？」

フェアチャイルドが懸念を表明した。

夜明けは、五時四九分。海面には、既に日が差している。

潜望鏡を発見されるかもしれないし、推進機音を聞きつけられるかもしれない。

「今の時刻なら大丈夫だ」

バンクスは頷いた。

現在は夜明け直後であり、陽光は水平線付近から射し込んで来る。

「スレッシャー」の西側に位置する駆潜艇の乗員には、潜望鏡は陽光の中に隠れ、視認できないはずだ。

推進機音は、敵艦隊の推進機音に紛れ、聞き取り難くなる。

「分かりました」

フェアチャイルドが頷き、「潜舵上げ。メインタンク・ブロウ」を命じた。

艦尾から、微かに鼓動が伝わる。

懸吊状態だった「スレッシャー」が、僅かに艦首を上向け、ゆっくりと浮上を開始する。

潜水艦乗りにとっては、何よりも緊張する一瞬だ。

海中の動きを駆潜艇に気取られたら、頭上から大量の爆雷が降って来る。

八隻もの駆潜艇に攻撃されたら、逃れる術はない。「スレッシャー」は五九名の乗員もろとも、サイパン沖の海底に姿を消す。

「一二〇（フィート）……一一〇……一〇〇……」

フェアチャイルドが、深度計の数字を読み上げる。

ダンカンからの報告はない。今のところ、日本軍は海中で起きている動きに気づいていない様子だ。

推進機音を聞きつけられぬよう、一〇分ほどの時間をかけて浮上する。

「五〇！」

フェアチャイルドの報告を受け、

「停止！」

「潜望鏡上げ！」

バンクスは二つの命令を発した。

モーター音と共に、潜望鏡がせり上がる。

バンクスはアイピースを掴み、潜望鏡を覗き込む。

風に砕かれる波頭がきらきらと輝く様が、バンクスの視界に飛び込んだ。

水平線付近から差し込む陽光が、波頭に反射しているのだ。

その向こう側に、複数の駆潜艇が見える。

速力は、非常に遅い。潜水艦の推進機音を探知すべく、五ノット程度の低速で動いているのだ。

バンクスは用心のため、一旦潜望鏡を下ろした。

「方位一〇度の推進機音、一万ヤードまで接近」

ダンカンが報告を送って来る。

バンクスは、再び潜望鏡を上げる。

敵艦隊は、まだ視界に入って来ない。見えるものは、駆潜艇だけだ。

再び潜望鏡を下ろし、様子をうかがう。

駆潜艇の接近がないことを確認した上で、もう一度上げる。

同じ動作を六回繰り返したところで、敵艦隊が視界に入り始めた。

「ビンゴだ！」

戦艦とおぼしき艦影を見出し、バンクスは口笛を吹き鳴らした。

距離があるため、細部までは分からないが、艦の中央部に丈高い構造物をそびえ立たせた艦形は、間違いなく日本軍の戦艦だ。

その艦が四隻、ラウラウ湾に入泊する。

戦艦の後方に続く艦も、型名までは分からないものの、艦種の見当はつく。

艦首から艦尾までフラットな甲板と、申し訳程度の上部構造物を持つ艦種は、航空母艦しかない。

その艦が、何隻も連なって、戦艦の後方からラウラウ湾に入ってゆく。

「おや……？」

バンクスは両目を擦った。

空母の数が異様に多い。

情報によれば、日本軍の空母は「赤城」「加賀」「蒼龍」「飛龍」「龍驤」の五隻だが、ラウラウ湾に入っていった艦はそれだけに留まらない。

数え間違いでなければ、八隻が入港したように思えるが――。

「潜望鏡降ろせ」

「一五〇フィートまで潜航」

バンクスは、二つの命令を発した。

注水音が響き、艦が沈降を開始する。

駆潜艇や駆逐艦が、接近して来る様子はない。

「スレッシャー」は、情報入手に成功したのだ。

「敵は、空母を中心とした艦隊だ。八隻もの空母を有している」

「八隻ですって⁉」

バンクスの言葉を聞いて、フェアチャイルドは驚きの声を上げた。

対日参戦の時点で、合衆国海軍が保有していた空母は六隻だ。

サイパン島沖海戦で二隻が失われ、今年に入って一隻が竣工したから、現状では五隻となる。それも、太平洋と大西洋を合わせた数だ。

八隻となれば、日本海軍は空母の保有数で合衆国を大きく凌駕する。

日本は、それほど早く空母を完成させることができるのか。合衆国は、日本の工業力を見誤っていたのではないか。

「どうします？　一隻でも沈めますか？」

水雷長アルフレッド・ガナー大尉の問いに、バンクスはかぶりを振った。

「まず、本国に報告だ。日没後に浮上し、報告電を打つ」

「八隻もの空母をこのまま行かせては……」

「戦友を呼び寄せる」

不満そうなガナーに、バンクスは応えた。

現在、サイパン島周辺には、「スレッシャー」を含めて四隻の潜水艦が展開している。

いずれも、昨年から今年にかけて竣工したT級と呼ばれるクラスに属しており、現時点における最新鋭の潜水艦だ。

四隻で攻撃をかければ、二、三隻は仕留められる、とバンクスは語った。

「日本艦隊の燃料補給には、丸一日はかかる。一日あれば、三隻の僚艦を呼び寄せるだけの時間は充分ある。『レキシントン』と『サラトガ』の仇を取ってやろうじゃないか」


離水した直後、機体の左側面が、亜熱帯圏の強い陽光に照らされた。

夜明け直後であるため、陽光が真横から射し込んで来るのだ。

第二二航空隊三号機の機長と偵察員を兼任する梅沢賢吉二等飛行兵曹は、首をねじ曲げ、タナバクの水上機基地を見下ろした。

第一小隊に続いて、第二小隊の三機が滑走を始めている。

二二空の上位部隊である第五根拠地隊の司令部は、第五九、六〇駆潜隊の駆潜艇に加え、六機の九四式水上偵察機で、ラウラウ湾口付近の対潜警戒に当たると決定したのだ。

「左前方、一航艦が見えます」

操縦員を務める田宮清三等飛行兵曹が伝声管を通じて、梅沢に伝えた。

准士官以下の搭乗員は、六月一日の制度改定で階級名が替わっている。

それまでの「航空」が「飛行」となり、「飛行兵曹」「飛行兵」と呼称されるようになったのだ。階級名が替わったところで、任務が変更になったり、俸給が加増されたりするわけではなかったが。

梅沢は、上昇する水偵の偵察員席から左方を見た。

南北に細長いサイパン島の陸地を挟んだ反対側に、匙ですくい取ったような形状の湾と、湾内に停泊中の艦艇多数が見える。

飛行隊長桑折洋介中尉の水偵が、左に旋回しつつ高度を下げた。

小宮三吉一等飛行兵曹を機長とする二番機が桑折機に続き、梅沢の三番機も左に旋回した。

第一小隊の水偵三機は、一航艦へ、その先にあるラウラウ湾口へと接近してゆく。

空母と戦艦は、湾の最奥部に錨を降ろし、その前方に巡洋艦、駆逐艦が停泊している。

敵潜水艦の湾内侵入を警戒してのことであろう。

第一小隊の九四式水偵三機は、戦艦や巡洋艦の艦橋をかすめるようにして、ラウラウ湾の上空を通過する。

給油艦からの燃料補給は、既に終わったようだ。空母から駆逐艦まで、全艦が出港できる態勢にある。

空母よりも、その前方に停泊している二隻の重巡が、梅沢の目を射た。

「利根」と「筑摩」。

主砲塔を前部に集中し、後部を航空兵装に充てた艦だ。巡洋艦と水上機母艦の性能を併せ持つ艦と言っていい。

後部の飛行甲板には、単葉機と複葉機三機ずつが搭載されている。複葉機は、九四式水偵よりも洗練された姿だ。

昨年採用された、零式観測機であろう。

「俺たちも、いずれ零観に乗ることになるな」

口中で、梅沢は呟いた。

一航艦の艦艇群は、瞬く間に後方へと流れ去り、九四式水偵が洋上に出る。

湾口付近では、駆潜艇と掃海艇が対潜警戒を始めている。第五根拠地隊は一航艦の露払いのため、掃海艇まで動員したのだ。

桑折機がバンクし、三機の水偵が散開した。

桑折機は直進、小宮機は右、梅沢機は左だ。

高度を二〇〇メートル前後に取り、時速を一三〇キロ程度まで落として飛行する。

雷撃を狙う敵潜水艦は、潜望鏡深度まで浮上して来る。見つけ次第、胴体下に懸吊する四発の六番（六〇キロ）対潜爆弾を叩き込む。

梅沢は機体の左、電信員の野村雪雄一等飛行兵は右に頭を突き出し、海面を凝視する。

すぐには、敵潜水艦は見つからない。

見えるものは、海面のうねりと風に砕かれる波頭だけだ。どの九四式水偵も、海面を舐め回すように飛行を続ける。

一時間近くが経過したとき、

「一航艦、出港します！」

田宮が叫んだ。

梅沢は湾口を見た。

第一航空艦隊が、湾外に姿を現しつつある。

水雷戦隊の軽巡が先陣を切り、その後方に駆逐艦が続いている。

敵潜がいるのかどうか、まだ判然としないが、一航艦の長官は、

「潜水艦はいない。いたとしても、駆潜艇、哨戒艇

と水偵が、動きを抑え込んでいる」

と判断したのかもしれない。

（まずいな）

腹の底で、梅沢は呟いた。

湾口周辺をくまなく捜索したとは言い難い。あと一時間、いや二時間ほどかけて、潜水艦の所在をはっきりさせねば危険だ。

「田宮、三〇度に変針しろ」

「三〇度に変針。宜候」

田宮が復唱を返し、左旋回をかけた。

一航艦は、針路を一二〇度に取っている。梅沢機は、その左方を警戒するのだ。

梅沢機は、しばし一航艦の左舷側海面上空で旋回する。

梅沢は一航艦の動きに気を配りつつ、海面にも視線を向ける。

一航艦は、出港を続けている。

水雷戦隊は、既に全艦が湾外に出ており、第八戦隊の利根型重巡二隻が続いている。

「そろそろ出て来るぞ」

梅沢が呟いたとき、空母が湾外に姿を現した。一航艦の旗艦戦艦に匹敵する巨体を持つ艦だ。

「赤城」が、真っ先に湾外に躍り出したのだ。

「左一二〇度、敵潜！」

「田宮、左旋回！」

野村の叫び声を受け、梅沢は咄嗟に下令した。

九四式水偵が大きく機体を傾け、左の急旋回をかける。速度は遅いものの、運動性能は抜群だ。

「いやがった！」

梅沢は思わず叫んだ。

水面下に、敵潜水艦の影が見える。位置から見て、「赤城」を狙っているようだ。

「目標、敵潜水艦。突っ込め、田宮！」

「目標、敵潜水艦。宜候！」

梅沢の命令に、田宮が復唱を返す。

九四式水偵は、敵潜水艦の右前方から緩やかな角度で降下しつつ距離を詰める。

梅沢は、水平爆撃用のボイコー照準器を覗き込み、水面下の敵潜に狙いを定める。

「用意、てっ！」

の一声と共に、投下レバーを引く。

足下から動作音が伝わり、機体が上昇気流に乗ったかのように浮き上がる。六番四発、合計二四〇キロの重量を切り離した反動で、機体が浮き上がったのだ。

田宮が機首を上向け、九四式水偵が上昇に転じた。

ほどなく後方から、炸裂音が伝わった。

梅沢は首をねじ曲げ、後ろ下方を見た。

海面が大きく弾け、飛沫が八方に散っている。四発の六番が炸裂したのだ。

「間に合ったかな？」

梅沢は、たった今六番を投下した海面と「赤城」を交互に見やった。

敵潜は「赤城」に艦首を向けていたように見える。

敵が、既に魚雷を発射した後であれば――。

だが、「赤城」にも、後続する空母にも、魚雷命中の水柱がそそり立つことはなかった。

梅沢機は、敵潜の雷撃阻止に成功したのだ。

「海面に浮遊物！」

野村が新たな報告を上げた。

梅沢は、海面を見た。

波間を漂う軽油が陽光を反射し、ぎらぎらと光っている。軽油だけではない。複数の浮遊物が漂い始めている。

「よし！」

梅沢は満足の声を上げた。

一航艦を雷撃から守っただけではない。敵潜水艦一隻を撃沈したのだ。

サイパンの守りを託された二二空の搭乗員として、満足すべき戦果と言えた。

――このとき、ラウラウ湾口付近の海面では、炸裂音が立て続けに轟き、複数箇所で大量の飛沫が飛び散っている。

二二空の水偵が新たに発見した敵潜に投弾すると共に、駆潜艇、哨戒艇が、爆雷攻撃を開始したのだ。

一航艦の隊列にも、乱れが生じている。

空母や巡洋艦が回避運動を行う一方、駆逐艦が対潜戦闘に加わる。

九四式水偵の爆音、爆雷の炸裂音は殷々と轟き、戦闘は止む気配を見せなかった。

3

「今までの指揮官とは違うな」

空母「加賀」戦闘機隊の第一中隊で第二小隊長を務める結城学(ゆうきまなぶ)中尉は、一航艦の塚原二四三司令長官に対して、そんな感想を抱いた。

第一航空艦隊がビスマルク諸島の北方海上に展開したのは、六月一四日の午後だ。

作戦計画では、六月一三日の未明に目標海域に到達し、夜明けと同時に攻撃隊を発進させることになっていたが、予定より一日半遅れている。

一航艦の司令部幕僚には、夜明けと同時に攻撃隊を発進させてはどうか、と意見を具申(ぐしん)した者もいたらしい。

だが塚原は、夜明け時点における一航艦の位置が、ニューアイルランド島カビエンの北二八〇浬だったことを重く見た。

「二八〇浬では、零戦、九七艦攻はともかく、九九艦爆は往復できない。飛行距離が長くなれば、搭乗員の負担も増える。カビエンとの距離を詰めた上で攻撃隊を出す」

と決定し、一二時二五分(現地時間一三時二五分)、カビエンの北一六〇浬の海面から、攻撃隊を放ったのだ。

第一次攻撃隊の編成は、「加賀」より零戦九機、九九艦爆二七機、一航戦の僚艦「赤城」と二航戦の「蒼龍」「飛龍」からは零戦九機、九九艦爆一八機ずつだ。

艦戦の数は、セイロン島沖海戦、サイパン島沖海戦時に比べて減少した代わり、全機が零戦に替わっている。

このような編成が採られたのは、カビエンがラバウルを守るための基地という位置づけであるためだ。

基地の性格上、戦闘機が多数配備されており、運動性の鈍い九七艦攻では、被撃墜機が多数生じる危険がある。

九九艦爆は、九七艦攻よりも敏速な機体であり、兵装も七・七ミリ固定機銃二丁、同旋回機銃一丁と強力だ。敵戦闘機に襲われても、ある程度は身を守ることができる。

敵基地の性格に応じて、攻撃隊の編成を定めるというのは、南方作戦やセイロン島攻撃では見られなかった措置だった。

一時間ほど飛行したところで、ニューアイルランド島が見え始める。

北西から南東に向かって横たわる、細長い島だ。北側からは、「ノ」の字を裏返したように見える。

攻撃隊は島の北端付近に位置するカビエンの敵飛行場を目指し、突き進んでゆく。

「いるか、いないか？」

声に出して呟き、結城は周囲の空を見渡した。

事前情報によれば、カビエンには多数の戦闘機が配備されている。攻撃隊の接近を察知すれば、必ず上がって来るはずだ。

前上方、左右、後方と視線を転じるが、敵らしき機影は見当たらない。

「突撃隊形作レ」の命令電が打たれたのだろう、艦爆隊は各中隊毎に、斜め単横陣を組み始めている。

「奇襲成功か？」

結城がそんな呟きを漏らしたとき、「加賀」艦戦隊長鷺坂高道大尉の機体が大きくバンクした。

第一小隊の三機が左に旋回し、降下に入った。

「下か！」

結城は小さく叫び、操縦桿を左に倒した。

零戦が左に旋回しつつ、高度を下げ始めた。

全長、全幅共、機種転換前に乗っていた九六式艦上戦闘機よりも大きな機体だが、運動性能の高さは同等だ。手足の延長のように、機体を操(あやつ)れる。

後方に目をやり、高峯春夫(たかみねはるお)一等飛行兵曹、新たに結城の下に配属された氷見哲平(ひみてっぺい)二等飛行兵曹の三番機が追随していることを確認する。

第三小隊の三機は、艦爆隊の側を離れない。

各艦の艦戦隊のうち、二個小隊六機が敵戦闘機の掃討(そうとう)を、一個小隊三機が艦爆隊の直掩(ちょくえん)を、それぞれ担当する。

「赤城」「蒼龍」「飛龍」の艦戦隊も、三機ずつを艦爆の直掩に残し、六機ずつが、「加賀」の一、二小隊と共に降下する。

前下方から、一群の戦闘機が上昇して来た。

セイロン島沖で戦ったブリュースターＦ２Ａ〝バッファロー〟でも、サイパン沖で銃火を交えたグラマンＦ４Ｆ〝ワイルドキャット〟でもない。

全般に、ごつごつした印象を持つ機体だ。機首は、大口(おおぐち)を開けているように太い。空気抵抗など、あまり考えずに設計されたように思える。

機数は三〇機から四〇機。数は敵が優勢だが、高度上の優位は零戦が占めている。

発砲は、敵機が先だった。

先頭集団の一〇機前後が、両翼に発射炎を閃かせ、青白い火箭が下から突き上げるように噴き延びた。

敵弾が殺到して来たとき、零戦はそこにはいない。右、あるいは左に旋回し、敵弾に空を切らせる。

結城は、小隊の二、三番機を率いて、右旋回をかけた。

敵機の姿が左に流れ、猛速ですれ違う。

後方からも、新たな敵機が続いている。

結城は、高峯機、氷見機と共に左旋回をかけ、敵機に機首を向けた。

真正面から渡り合う格好だ。彼我の距離がみるみる詰まり、とんがり帽子のようなプロペラ・スピナーやその下に開いている空気取り入れ口が拡大する。

敵機の両翼に発射炎が閃く直前、結城は操縦桿を目一杯左に倒し、左フットバーを軽く踏んだ。

零戦が横転した直後、敵機が射弾を放ち、右翼端付近をおびただしい曳痕が通過した。

高峯も、氷見も、結城に倣い、機体を横転させる。第二小隊に、被弾する機体は一機もない。敵機は、空中に機銃弾をばらまくだけだ。

結城機は、左の翼端を支点とするように半回転し、水平飛行に戻る。

左の垂直旋回を終えた第二小隊の三機は、敵機の後ろ下方に占位している。

結城は操縦桿を手前に引き、エンジン・スロットルをフルに開いた。

中島「栄」一二型エンジンが猛々しく咆哮し、垂直旋回によって低下した速力が一気に上がった。

三機の零戦は上昇しつつ、敵機の背後から距離を詰めてゆく。

敵は、回避運動に入る様子がない。搭乗員は、背後から迫る三機に気づいていないようだ。

結城は、最後尾の敵機に狙いを定めた。射撃教範に従い、機首の七・七ミリ機銃を放った。

細い火箭が、敵機の左主翼の付け根を捉える。

七・七ミリ弾は非力だが、命中時の音や衝撃はコクピットに伝わったはずだ。搭乗員は、背後から狙われていることに気づいたであろう。

結城は、機銃の切り替えレバーを二〇ミリに入れ、発射把柄を握った。

両翼の前縁に閃光が走り、七・七ミリ弾のそれより遥かに太い真っ赤な火箭が噴き延びた。右主翼の射弾は空を切ったが、左主翼の射弾は敵機の左主翼に突き刺さり、中央から叩き折った。

「よし！」

結城は、満足の声を上げた。

両翼に装備する二〇ミリ機銃は、九六艦戦にはない強みだ。単発の戦闘機なら、一撃で致命傷を与える力を持っている。

左主翼を吹き飛ばされた敵機は、すぐに結城の視界から消える。

前方で、敵三機が右の水平旋回に移っている。

結城は躊躇わず、操縦桿を右に倒した。零戦が、ほとんど垂直に近い角度まで傾き、急角度の水平旋回に転じた。

敵機の内側に回り込みつつ、距離を詰める。

敵機も機体を大きく傾け、零戦を振り切ろうと試みるが、旋回半径は零戦の方が小さい。ごつごつした胴体やファストバック式のコクピット、直線的な主翼が、たぐり寄せるように近づいて来る。

頃合いよし、と見て、結城は射弾を放った。

先に一機を墜としたときと同じく、七・七ミリ機銃で弾道を確認し、二〇ミリ弾を撃ち込んだ。

今度はコクピットに命中し、風防ガラスが砕け散ったガラス片がきらきらと陽光を反射しながら飛び散り、敵機は機首を大きく傾けた。

炎も煙も噴き出すことなく、真っ逆さまに墜落してゆく。

残った二機が、機体を横転させた。

垂直降下から急降下に転じ、結城の目の前から姿を消した。

結城は、敢えて敵機を見逃した。

自分たちの任務は、艦爆隊の護衛だ。敵機が戦場空域から離脱してしまえば、目的は達せられる。

二番機の高峯一飛曹、三番機の氷見二飛曹も、定位置に就いている。

若い氷見が血気にはやり、深追いをするのではないか、と懸念したが、どうやら杞憂だったようだ。ベテランの高峯が、よく言い聞かせたのだろう。

不意に、結城は殺気を感じた。

新たな敵機が、右後ろ上方から仕掛けて来るのに気がついた。

半ば反射的に、操縦桿を右に倒した。零戦が右に傾斜し、ちぎれ雲やニューアイルランド島が左に流れた。

青白い曳痕が、左の翼端をかすめる。

敵機は結城機の後ろ上方に占位し、なおも追って来る。

右後方、あるいは左後方から射弾が浴びせられ、主翼や胴、コクピットの脇を火箭がかすめる。

二機が、結城機の後方に取り付いたようだ。右と左、どちらに旋回しても、敵弾を食らうことになる。

高峯機、氷見機の援護はない。二人の部下も、他の敵機と交戦中なのかもしれない。

結城は操縦桿を左に倒し、左フットバーを軽く踏んだ。

零戦が左に横転し、空や雲が右に大きく回転した。

結城機は左主翼を先にして、急速に降下する。

敵二機が、結城機を追って来る。

急降下性能は、敵機の方が高い。みるみる距離を詰めて来る。

敵機が射弾を放つ寸前、結城は操縦桿を目一杯手前に引いた。前方に見えていたニューアイルランド島の大地が、視界の真下に吹っ飛んだ。

下向きの遠心力がかかり、肉体を締め上げる。体重が、にわかに数倍になったかのようだ。尻は座席にめり込まんばかりに押しつけられ、両手は操縦桿を放しそうになる。

機首が大きく上向き、空と雲が正面に来る。

結城機は、宙返りに入ったのだ。

二機の敵機も結城機に続いて宙返りに入り、執拗に食い下がって来る。

結城機が完全に背面になったとき、青白い火箭が右の翼端をかすめ、上方へと抜けた。

零戦が宙返りの頂点に入ったところで、射弾を放ったようだ。狙いが定まらなかったのか、敵弾は虚空へと消える。

結城機は、降下に入る。

機体が坂道を駆け下りるような勢いで降下し、敵機の二番機が視界に入って来る。

結城は敵機を追い、二度目の宙返りに入った。

再び、強烈な遠心力が肉体を締め上げ、しばし目の前が暗くなる。ともすれば吐き気を催すほどだが、堪えるしかない。

空と雲、海と大地が、視界の中でめまぐるしく入れ替わる。

結城の零戦は空中に輪を描きながら、敵機との距離を詰めてゆく。

二度目の宙返りを終えたとき、敵二番機が結城の眼の前にあった。

手を伸ばせば届きそうなほど近い。目をつぶって銃撃しても、当たりそうだ。

結城は七・七ミリ機銃による弾道確認を行わず、最初から二〇ミリ機銃を発射した。

両翼の前縁に閃光がほとばしり、真っ赤な火箭が噴き延びた。

火の玉を思わせる真っ赤な曳痕が、敵機の胴体や主翼の付け根に突き刺さる。無数の火花と共に、引きちぎられたジュラルミンの破片が、陽光を反射しながら飛び散る。

敵機が黒煙を噴き出し、大きく機体を傾けた。

左の翼端を先にして、急速に高度を下げ始めた。

その前方にいた一番機は、機体を横転させ、急降下に転じる。結城機との距離が、みるみる開く。

(高峯と氷見はどこだ)

結城は周囲を見回したが、すぐに二、三番機との合流を断念した。

空中の戦場は、混戦状態になっている。

零戦と敵戦闘機が上下に、あるいは左右に飛び交い、激しく撃ち合う。

米軍の戦闘機は、動きが直線的であり、ひたすらまっすぐに突っ込んでは、両翼の機銃を撃ちまくる。

零戦は、水平旋回、宙返り、緩横転と、曲芸飛行のような機動によって敵弾を回避し、敵機の側方や後方、あるいは上方から、二〇ミリ弾を叩き込む。

豹や狼が、猪と戦っているようだ。

零戦は、敵戦闘機の突進をかわしざまに二〇ミリ弾の爪や牙を立て、コクピットを粉砕し、主翼を叩き折り、エンジン・カウリングを掻き裂く。

コクピットに被弾した敵機は、風防ガラスの破片を撒き散らしながら墜落し、主翼を叩き折られた敵機は、錐揉み状に回転しながら姿を消す。

エンジンや燃料タンクを破壊された機体は、炎と黒煙を長く引きずりながら、海岸や内陸に落下する。

サイパン島沖海戦までは、九六艦戦の非力さに悩まされた艦戦隊だが、零戦は違う。

二〇ミリ機銃の破壊力を活かし、敵機を次々に屠っている。

不用意に敵機の前方に飛び出したり、背後を突かれたりした零戦が、被弾して火を噴くが、全般的には日本側が優勢だ。

戦場は、海岸の上空から内陸へ、更には飛行場の上空へと移っている。

白刃を思わせる光が、上空にきらめいた。

艦爆隊が機体を翻し始めたのだ。

胴体下に二五番を抱いた固定脚の機体が、各中隊毎に一本棒となって、敵飛行場の上空から身を躍らせている。

地上の複数箇所に、対空火器の発射炎が閃き、火箭が突き上がる。

敵弾を浴び、火を噴く艦爆もあるが、途中で爆弾を投げ捨て、逃げ出す機体はない。

どの中隊も、指揮官機を先頭に、滑走路や付帯設備目がけ、真一文字に降下してゆく。

地上に閃光が走り、赤黒い爆煙が湧き出した。

滑走路への直撃弾は、コンクリート塊や土砂を逆円錐形の爆風に乗せて噴き上げ、指揮所、倉庫等の地上施設を襲った二五番は、屋根をぶち抜き、壁を崩し、窓ガラスを四散させる。

離陸しようとしていた敵機が、至近弾炸裂の爆風を浴び、大きく煽られて擱座する。

爆弾孔に落下した機体の後ろから、別の機体が突っ込み、けたたましい音を立てて激突する。爆発音と共に躍った炎が、二機の残骸を包む。

基地の燃料タンクにも二五番が直撃したのだろう、おどろおどろしい炸裂音と共に、巨大な火焔が湧き出した。

炎は周囲の対空砲陣地や燃料タンク車を呑み込み、真っ赤な大蛇のように大地をのたうつ。

大量の黒煙は、飛行場全体を覆ってゆく。

このときには、九九艦爆全機が投弾を終え、上昇にかかっている。

「よし！」

結城は飛行場を見て、満足の声を漏らした。

カビエンの敵飛行場が使用不能となったことは明らかだ。

艦戦隊は、敵戦闘機を掃討して艦爆隊の突撃を助け、艦爆隊は投弾を成功させた。

攻撃隊は、作戦目的を達成したのだ。

それだけではない。

零戦の実力が、あらためて証明された。

昨年八月、台湾に配備されていた第一二航空隊の零戦は、フィリピン・ルソン島への攻撃で、在比米軍のカーチスＰ36〝ホーク〟を一蹴し、高い性能を見せつけた。

今日、カビエン上空で手合わせした米軍の新型戦闘機は、Ｐ36よりは高性能な機体だったと思われるが、零戦はその新型機に対しても優位に戦えることを、自分たちが実証したのだ。

戦闘機乗りとしては、攻撃の成功以上に嬉しかった。

攻撃隊は、カビエンの海岸上空で集合している。

艦戦隊、艦爆隊が、所属する母艦毎に編隊を組む。

基地を破壊された敵戦闘機が、復讐戦を挑んで来るか、と警戒したが、その動きはないようだ。この日の空中戦で、零戦が恐るべき強敵であることを認識したのかもしれなかった。

結城は、今一度カビエンを振り返った。

飛行場は、入道雲に覆われたようになっており、その姿を見ることはできなかった。

4

攻撃隊は、一五時三〇分（現地時間一六時三〇分）を回った頃に帰還して来た。

一航戦の「赤城」「加賀」、二航戦の「蒼龍」「飛龍」が風上に向かって転舵する。

零戦と九九艦爆がエンジン・スロットルを絞り、次々と飛行甲板上に滑り込む。

「負傷者アリ」と信号を送りながら降りて来る機体、被弾の跡が目立つ機体もある。

負傷している搭乗員は、すぐに医務室へと運ばれ、損傷機のうち、整備長が修理不能と判断した機体は海中に投棄される。

全機の収容を完了したのは一六時四〇分（現地時間一七時四〇分）だ。

周囲はまだ明るいが、日は大きく傾いている。

気象班が報告した日没の時刻は一七時四分（現地時間一八時四分）だから、一航艦は日没ぎりぎりで収容を完了したことになる。

「三、四航戦司令部より報告が届きました。直衛機は全機、収容を完了したとのことです」

航空乙参謀吉岡忠一少佐の報告を受け、塚原二四三司令長官は聞き返した。

「着艦時の事故などで失われた機体や搭乗員はないだろうね？」

「そのような報告は届いておりません」

「分かった」

塚原は頷いた。

現在、第一航空艦隊は、第一、第二航空戦隊を中心とした第一部隊と、第三、第四航空戦隊を中心とした第二部隊に分かれて行動している。

第一部隊がカビエン、ラバウルへの攻撃を、第二部隊は直衛と対潜警戒を、それぞれ担当するのだ。戦艦以下の護衛艦艇も戦力を二分し、空母の護衛に就いている。

第二部隊の小型空母が搭載する九七艦攻は、対潜警戒の他、必要に応じて敵艦隊や敵飛行場への攻撃に加わることになっている。

このような措置を採ったのは、空母の数が多くなり、無線封止下では信号による命令伝達が行き届き難いためだ。

カビエン攻撃の間、第二部隊は第一部隊の後方三〇浬の海面に展開し、艦戦隊を第一部隊の上空に送って直衛に当たったが、敵機の来襲はなく、直衛機も全機が無事に帰還していた。

「サイパン出港時の躓き(つまず)が響きましたな。あれがなければ、カビエンも、ラバウルも、昨日の内(うち)に叩けたのですが」

首席参謀の大石保(おおいしたもつ)大佐が、苦い表情で言った。

当初の作戦計画では、第一航空艦隊は六月一〇日の夜明け直後にサイパン島のラウラウ湾より出航し、一三日の夜明けまでに、ビスマルク諸島の北方海上に到達しているはずだった。

ところが、出港直後に敵潜水艦の攻撃を受けたため、一航艦は一旦ラウラウ湾に引き返し、敵潜水艦の掃討が終わるまで、半日の待機を強いられた。

「ビスマルク諸島の沖まで、迂回(うかい)航路を採ってはいかがでしょうか?」

と具申したのは、参謀長の大森仙太郎少将だ。

敵潜水艦の触接(しょくせつ)を受けた以上、米軍は八隻の空母を擁(よう)する強力な艦隊が、サイパンまで来ていることを知った可能性が高い。

一航艦の目的を知られれば、敵は当然、ビスマルク諸島の防備を固める。

そこでサイパン出航後、一旦東に向かい、マーシャル諸島の奪回を図るように見せかけてはどうか、というのが大森の考えだった。

大石首席参謀や航海参謀雀部利三郎中佐らは、

「一航艦はGF司令部より、六月一三日にカビエン、ラバウルを攻撃するよう命じられています」

との理由で、迂回に反対した。

だが塚原は、

「作戦遅延の責任は私が取る」

と言い、大森の具申を容れた。

その結果、カビエン攻撃は六月一四日の午後となり、ラバウル攻撃は明日、六月一五日に回さざるを得なくなったのだ。

サイパンで、出港直後に敵潜の攻撃を受けなければ、予定通りに進められたはずだ、と大石は考えているようだった。

「焦る必要はない。第一目標のカビエンは、使用不能に陥れたのだ。日程の遅れを別にすれば、作戦そのものは順調に進んでいる。ラバウルは明日、一日かけてじっくり叩こう」

「カビエン攻撃とラバウル攻撃の日を分けたのは、かえってよかったかもしれません。搭乗員を休ませることができますし、明日までに補用機を準備できますから」

塚原の言葉を受け、航空甲参謀の源田実中佐が言った。

「艦上機と搭乗員の損耗は？」

塚原の問いに、源田が答えた。

「現在、乙参謀が集計しています。まとまったら、報告に来るよう伝えてあります」

「分かった」

塚原は頷き、大森に顔を向けた。

「気がかりなのは敵艦隊、特に空母の動向だ。新しい情報は、入っていないかね？」

一航艦はカビエン攻撃と並行して、周囲の海面に水上偵察機を飛ばし、索敵を実施した。

水偵各機は、周辺二〇〇浬の範囲を捜索したが、「敵艦隊見ユ」の報告電を送った機はない。

日本軍の空母部隊は、セイロン島沖海戦でも、サイパン島沖海戦でも、敵の艦上機に先手を取られた苦い記憶がある。

　同じ過ちを、三度繰り返したくはない。

「現在のところ、新情報はありません」

　大森に促され、通信参謀の小野寛次郎少佐が答えた。

「敵の通信傍受は？」

「敵艦隊出現の兆候となるものはありません」

「一旦、カビエンから離れてはいかがでしょうか？　敵基地の近くに留まれば、水上部隊による夜襲が危惧されます」

　大森が意見を述べ、源田が続いて具申した。

「参謀長の御意見に賛成します。現海面に留まり続けた場合、ラバウルの敵飛行場から、夜間空襲を受ける危険があります」

「参謀長や甲参謀の言う通りだ」

　塚原は頷いた。

　夜間には、空母の艦上機は行動できないが、陸上機は搭乗員の技量次第で行動可能だ。

　夜間空襲を受ければ、一航艦は直衛機も出せぬまま、一方的に叩かれる。

「現海域から、一旦離れよう。決戦は明日だ。今夜は、搭乗員をよく休ませてくれ」

5

　同じ頃、カビエンの東方海上を、一機の双発機が東に向かっていた。

　全長、全幅とも九六陸攻より一回り小さい。

　機首は鮫の頭のように尖っており、大小二種類の機銃の銃身を覗かせている。

　前後に長い風防ガラスの内側には、搭乗員三名の姿が見えていた。

「本機の現在位置、カビエンよりの方位九〇度、距離一四〇浬」

「あと六〇浬か」

偵察員を務める助川清一飛行兵曹長の報告を受け、機長と操縦員を兼任する宮園拓郎中尉は変針地点までの距離を呟いた。

カビエンの手前で東に変針、二〇〇浬飛行したところで二度目の変針を行い、トラックに帰還するというのが、宮園機が受け持つ索敵線だ。

海軍時計は一六時四〇分を指している。日没までは二四分だ。

二度目の変針を行い、トラックまでの帰路に就くあたりで、日没を迎えることになる。

天測航法を習得している海軍の飛行機乗りであっても、夜間の長距離飛行は難しい。

だが宮園も、助川も、電信員の近松久之二等飛行兵曹も、夜間飛行の訓練を入念に積んでいる。

陸上攻撃機の夜間長距離飛行や、トラックからカビエン、ラバウルへの偵察飛行も経験した身だ。

機位を見失う危険は、心配していなかった。

(迷子になることよりも、発動機の故障が怖い)

回転計を見つめながら、宮園は内心で呟いた。

宮園らが搭乗しているのは、一三試双発陸上戦闘機、略称「一三試双戦」。

双発三座の重戦闘機として、中島飛行機が開発を進めている機体の増加試作機だ。

当初は昭和一七年頃に制式化の予定だったが、対米開戦に伴って開発が急がれ、現在までに試作機五機が完成した。

うち一機がトラックの夏島飛行場に配備され、偵察機として試験運用されることになったのだ。

エンジンは、零戦や九七艦攻が装備する中島「栄」の改良型、二一型を装備している。

同じ「栄」の一二型に比べ、出力は向上しているが、安定性がよくない。中島のエンジン技術者がトラックに駐留し、調整に当たっているが、故障の危険はゼロではない。

開発中の「栄」二一型ではなく、使用実績がある三菱の「火星」または「金星」の装備も検討されているが、内地で試作機が完成し、テストが始まったばかりだ。

本来なら最前線に配備する機体ではないが、一三試双戦を預けられた二三航戦は、同機の航続距離の長さに目を付け、遠距離偵察に使用している。

この日、宮園らが命じられたのは、ビスマルク諸島方面の索敵だ。

一一航艦司令部は、機動部隊がラバウル、カビエンを攻撃している最中に、米艦隊が出現する可能性が高いと睨み、出せる限りの索敵機を出していた。

宮園は機体を操りながら、周囲の海面を観察する。

機外にも、機内にも、変化は乏しい。

周囲の景色は全く変わらず、エンジンも出力を一定に保っている。

宮園は横風に流されぬよう注意しつつ、針路、速度、高度を一定に保つよう腐心し、助川は航法のチャートを正確に記録しようと努めている。

飛行高度を三〇〇〇に保っているため、波のざわめきも伝わって来ない。

三名の搭乗員を乗せた機体は、日没が迫る海をひたすら東へと飛行している。

（何とか、実績を上げたいところだが）

機体を操りながら、宮園はしばし思案を巡らせた。

出発前、二三航戦司令官の竹中龍造少将は、

「君たちは、貴重な新型機を任された選り抜きの搭乗員だ。貴重な情報を持ち帰り、一三試双戦が役に立つ機体だと証明して来い」

と、宮園たちを激励している。

敵が、自分たちの索敵線上にいたにも関わらず、見落とすようなことになれば大失態だ。新型機開発の足を引っ張るような真似だけは、したくないものだ、と宮園は腹中で呟いていた。

「カビエンよりの距離一八〇浬」

助川が伝えた直後、

「左前方に敵影！」

近松の叫び声が、伝声管を通じて伝わった。

日本海軍 一三試双発陸上戦闘機

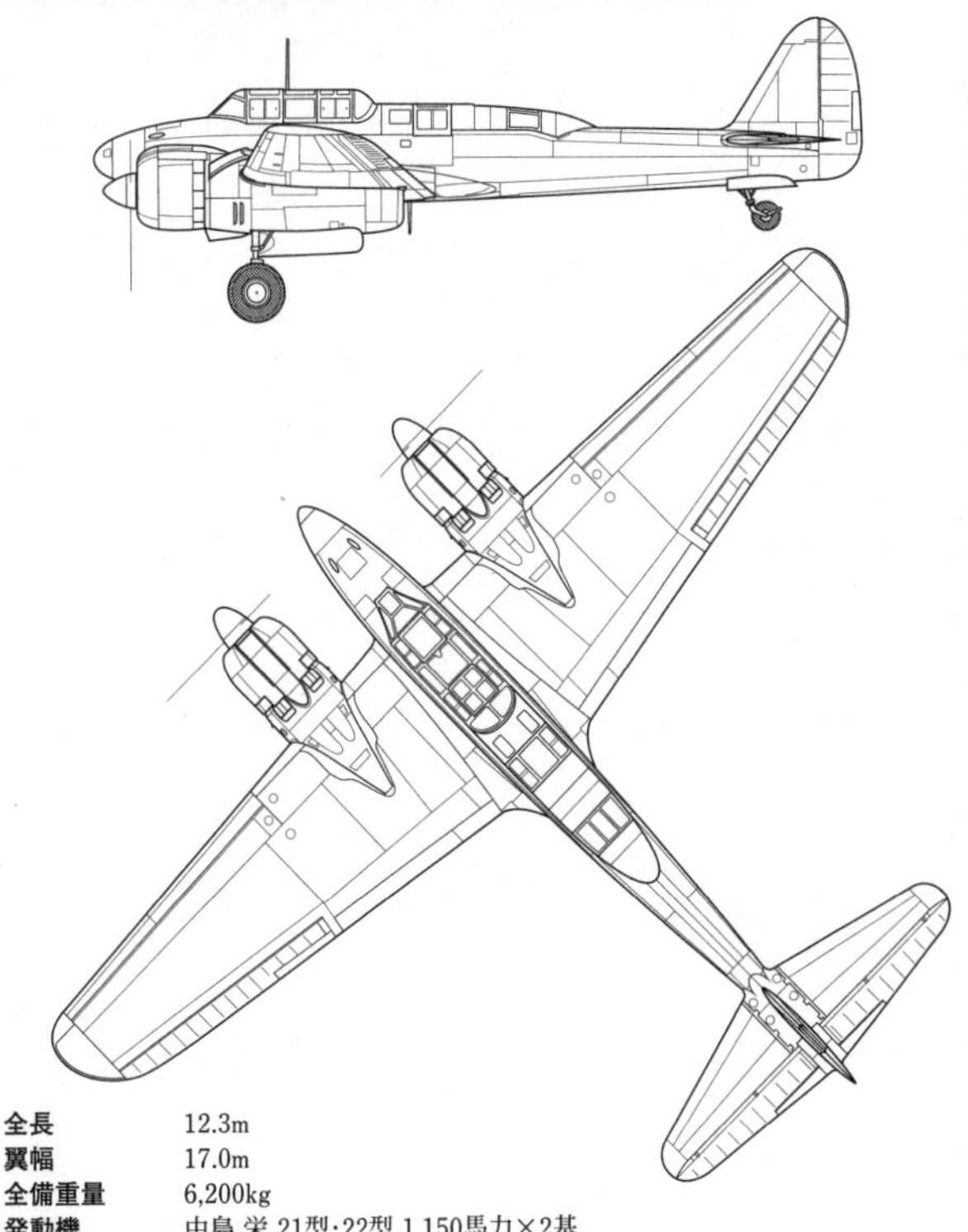

全長	12.3m
翼幅	17.0m
全備重量	6,200kg
発動機	中島 栄 21型·22型 1,150馬力×2基
最大速度	522km/時
兵装	20mm機銃×1丁／7.7mm機銃 ×2丁(機首固定) 7.7mm機銃×4丁(後席動力旋回)
乗員数	3名

戦闘機が敵地深くまで進攻するには、航続距離のみならず自機の位置や進路を把握する航法が重要となった。そのため、戦闘機と同等の運動性能をもちながら、航法、通信の能力も高い戦闘機を「誘導機」として随伴させる案が浮かび、双発三座の戦闘機として開発されたのが本機である。

しかし発動機の出力不足もあいまって、戦闘機として使用するのは難しいと判断され、現状では偵察機としての活用が模索されている。

　宮園は、左方を見た。

　すぐには敵影は分からない。視界に入るものは、広漠（こうばく）たる海面だけだ。

「見えました。水平線の手前です！」

「もう少し近づく」

　助川の言葉を受け、宮園は左の水平旋回をかけた。

　一三試双戦が左に旋回しつつ、高度を下げる。

　宮園は、高度計と海面を交互に睨み、慎重に機体を操作する。計器類はトラックで入念に調整されているが、最後に頼るのは自身の目だ。

「後方はどうだ？」

「敵影なし！」

　宮園の問いに、助川が答えた。

　一三試双戦は、日本で初めて採用された動力銃を後席に装備している。七・七ミリ連装旋回機銃二基を、偵察員席からリモコンで操作し、後方から襲う敵機を迎え撃つのだ。

　重い上に故障が多いため、「取り外して、機体を軽くしてはどうか」との意見もあったが、宮園は「動力銃の評価も任務のうちです」と答え、そのまま装備している。

　その動力銃を使う必要は、今のところはなさそうだった。

「あれか！」

　宮園は小さく叫んだ。

　水平線の手前に、複数の艦影が見える。

　距離があるため、艦の形状まではっきり分からないが、敵艦隊であることは間違いない。

「近松、司令部に打電。『敵ラシキモノ五隻見ユ。位置、〈カビエン〉ヨリノ方位八七度、一八〇浬。一七〇一（ヒトナナマルヒト）（現地時間一八時一分）』」

「『敵ラシキモノ五隻見ユ。位置、〈カビエン〉ヨリノ方位八七度、一八〇浬。一七〇一（ヒトナナマルヒト）』。司令部に打電します」

　近松が復唱を返し、打電を始める。

　その間にも、宮園は敵艦隊に接近する。

視界内の艦影が更に増える。

最初は五隻だけだったが、一〇隻以上いるようだ。

「艦種は空母か？　戦艦か？」

宮園は艦種を見極めようとしたが、周囲はかなり暗い。後方から差し込んでいた陽光は、今にも消え去ろうとしている。

太陽が完全に没し、東の空に星々が見え始めた。ビスマルク諸島沖の海面に、日没が訪れたのだ。

「帰還する！」

一声叫び、宮園は左旋回をかけた。

変針地点まで、まだ二〇浬ほどあるが、目的は達成したのだ。

長居は無用だった。

「打電完了！」

「敵艦発砲！」

近松の報告に、助川の叫びが重なった。

宮園が両目を大きく見開いたとき、右方に爆発光が閃き、雷鳴のような炸裂音がコクピットにまで届いた。

右前方の海上に、発射炎が明滅している。一三試双戦の周囲で、敵弾が次々と炸裂する。

「今更発砲したって遅いぜ、米軍！」

エンジン・スロットルをフルに開きながら、宮園はその言葉を敵艦隊に浴びせた。

「こっちはもう打電を終えたんだ。首を洗って待ってやがれ！」

第四章　ビスマルク諸島沖海戦

1

六月一五日の夜が明けたとき、第一航空艦隊は、トラック環礁とビスマルク諸島の中間海域にいた。カビエンの真北、二七〇浬の海面だ。

昨日同様、一、二航戦を中心とした第一部隊と、三、四航戦を中心とした第二部隊に分かれている。

第一、第二航空戦隊の正規空母四隻は、飛行甲板上に攻撃隊を敷き並べ、索敵機の報告電が入り次第発進できるよう、準備を整えていた。

「敵は、どのように動いただろうか?」

旗艦「赤城」の艦橋で、塚原二四三司令長官が幕僚たちを見渡して言った。

二三航戦麾下の索敵機が「敵ラシキモノ五隻見ユ」の報告電を送ったのは、昨日の一七時一分だ。

今日の夜明けは四時四七分（現地時間五時四七分）だから、一二時間近くの空白がある。

その間に、敵艦隊は大きく動いたはずだ。

一航艦は、方位九〇度から二五〇度の範囲内を二〇度ずつに区切り、索敵機を放っている。

一航艦と並行して、トラックの一一航艦も、陸上偵察機や陸上攻撃機を索敵に向かわせている。

米艦隊がどこにいようと発見できるよう、念入りに索敵線を張り巡らしはしたが――。

「大きく分けて、二つが考えられます。第一に、昨日発見された地点から北上し、一航艦の東方ないし南東海上に布陣(ふじん)した場合。第二に、カビエンの近くに布陣する場合です」

源田実航空甲参謀が答えた。

「可能性は、どちらが高いだろうか?」

「確たることは申し上げられませんが、敵が我が方に対して先制攻撃を狙うのであれば前者、戦力集中の利を狙うのであれば後者でしょう。カビエンの近くに布陣すれば、ラバウルに展開する基地航空部隊との協同作戦が可能ですから」

「後者を採られると厄介だな。我が軍は、敵の母艦航空隊と基地航空隊を同時に相手取らねばならなくなる」

「私は、敵が後者を選ぶ可能性は小さいと考えております。第一に、ラバウルに展開しているのは米陸軍の航空部隊であり、母艦航空隊との協同作戦は困難であると考えられること。第二に、陸地の近くに布陣した場合、索敵機に発見され易いことです」

「当面は、索敵機の報告を待つとしようか」

　塚原は言った。

「推測は、あくまで推測に過ぎぬ。敵がどこにいるにせよ、索敵機が敵の位置を突き止めてくれぬ限り、攻撃隊は出せぬ」

　待望の報告は、六時五七分に飛び込んだ。

「索敵機より受信！　『敵ラシキモノ二〇隻見ユ。位置、〈カビエン〉ヨリノ方位四七度、二〇〇浬。〇六三四（現地時間七時三四分）』。『利根』二号機の報告です」

　通信室に詰めていた通信参謀小野寛次郎少佐が、興奮した声で報告を上げた。

「『艦種報セ』と打電せよ」

　幕僚たちの何人かは「来たか！」と叫び声を上げたが、塚原は落ち着いた声で小野に命じた。

　最も重要な情報は、敵が空母を含むかどうかだ。

　だが、「赤城」の通信室が暗号電文を解読している間に、「利根」二号機の搭乗員は敵情を把握していた。

「『利根』二号機より第二報。『敵ハ空母三、巡洋艦六、駆逐艦一〇隻以上。〇六五七』」

「長官、敵との距離は一八四浬です」

　小野の報告に続き、源田が顔を上気させて言った。

　最初の報告電と一航艦の現在位置より、敵との距離を計算したのだ。

「よし、出そう！」

　塚原は、力強く頷いた。

　索敵機の報告通りなら、米艦隊は現時点で太平洋に回せる全空母を出撃させたと考えられる。

　この三隻を叩いてしまえば、ビスマルク諸島占領の道が開けるだけではない。西太平洋の制空権は、完全に日本側が奪取できる。

「赤城」の通信室から命令電が飛ぶ。

「風に立て！」

　この三月、草鹿龍之介大佐に替わって「赤城」艦長に任じられた長谷川喜一大佐が下令し、

「面舵一〇度！」

　航海長多久丈雄中佐が操舵室に命じる。

「赤城」の巨体が回頭し、風上に艦首を向けたときには、第二航空戦隊の「蒼龍」「飛龍」が一足先に、艦首を風に立てている。

　発着艦指揮所に詰めている飛行長増田正吾中佐が「発艦始め」の合図を送ったのだろう、艦戦隊の一番機がフル・スロットルの爆音を轟かせ、滑走を開始した。

　零戦九機は瞬く間に発艦を終え、その後方に敷き並べられていた九七艦攻が発艦に移る。

　攻撃隊総指揮官を務める「赤城」飛行隊長淵田美津雄少佐の機体が、真っ先に発艦を開始する。

　一航戦の「赤城」「加賀」からは零戦九機、九七艦攻二七機ずつ、二航戦の「蒼龍」「飛龍」からは零戦九機、九七艦攻一八機ずつ、合計一二六機が第一次攻撃隊の陣容だ。

　艦攻は、全機が胴体下に九一式航空魚雷を提げている。

　艦爆隊は、第三、第四両航空戦隊の艦攻隊と共に第二次攻撃に参加し、第一次攻撃隊が撃ち漏らした空母を叩くことになっていた。

　九七艦攻の爆音が「赤城」の飛行甲板を満たす中、また新たな報告が上げられた。

「索敵機より受信。『筑摩』一号機です！」

「『利根』二号機の北側の索敵線を受け持つ索敵機です」

　小野の報告を受け、吉岡航空乙参謀が言った。

「読みます。『敵ラシキモノ二〇隻見ユ。位置、〈カビエン〉ヨリノ方位四〇度、二四〇浬。〇七二二(マルナナフタフタ)』」

「どういうことだ？」

源田が不審そうな声を上げた。

報告された通りなら、「利根」機が発見したものとは別の艦隊が存在することになる。

「巡洋艦か駆逐艦で編成された別働隊が、警戒に当たっているのではないか？」

大森仙太郎参謀長が意見を述べた。

敵の空母は、既に発見している。別働隊を発見したからといって、慌(あわ)てることはない、とでも思っている様子だった。

「『筑摩』一号機に打電。『艦種報セ』」

塚原は命じた。

九七艦攻が発艦中であり、ともすれば爆音に声がかき消されそうになるため、怒鳴るような大声を上げている。

「筑摩」一号機からの第二報は、攻撃隊全機が発艦を終えた直後に届けられた。

「敵ハ空母三、巡洋艦五、駆逐艦一二。〇七四九(マルナナヨンキュウ)」

塚原は目を剝(む)いた。

報告通りなら、敵は空母三隻を中核兵力とする艦隊を二隊、ビスマルク諸島の北方海上に展開させていることになる。

空母の合計は六隻。一航艦の八隻には及ばないものの、戦力面で日本側が圧倒しているとは言い難い。

いや、日本軍の空母のうち、三、四航戦の四隻は搭載機数の少ない小型空母であることを考えれば、航空兵力ではほぼ互角となる。

「『筑摩』機が、『利根』機と同じ艦隊を発見し、報告が重複したとは考えられないでしょうか？」

大石の意見に、吉岡が答えた。

「『筑摩』一号機と『利根』二号機の索敵線は、二〇度ずれています。報告の重複は考えられません」

「敵空母は、やはり六隻いるということか？」

塚原の問いに、源田は答えた。

「艦種の誤認はあるかもしれませんが、発見された敵艦隊が二部隊とも空母を擁していることは間違いないと考えます」

「攻撃隊を二隊に分け、敵の二部隊を同時に叩いてはいかがでしょうか？」

大石が具申した。

新たに発見された敵艦隊は、「利根」機目標の北、四〇浬地点に位置している。

一航艦との距離は約一七〇浬。「利根」機目標よりも近い。

攻撃隊のうち、一航戦には「利根」機目標を、二航戦には「筑摩」機目標を、それぞれ叩かせ、六隻の敵空母を一挙に葬り去ってはどうか、というのが、大石の考えだ。

「攻撃隊は既に全機が発艦を終え、空中で集合しつつあります。今からでは、目標の変更は無理です」

源田が上空を指さし、強い語調で言った。

一航艦の上空からは、轟々たる爆音が伝わって来る。四隻の空母から発艦した零戦と九七艦攻が、各母艦毎に編隊形を整え、目標に向かわんとしているのだ。

「無線で命令を伝えればよい」

「そのようなことをすれば、攻撃隊が混乱し、作戦が失敗に終わる可能性が高くなります」

大石の主張に、源田は反駁する口調で言った。

航空戦を何だと思っている。朝令暮改が通じると思っているのか——そんな憤りを感じさせた。

参謀長の大森は、口を出そうとしない。

航空戦の専門家でもない自分が議論に加わっては、かえって話がややこしくなる、と思っている様子だ。

塚原が、割って入る形で決定を伝えた。

「攻撃隊は『利根』機目標に向かわせよう。戦力の集中という面から考えても、攻撃隊の二分は望ましくない。敵の二部隊を同時に叩こうとすれば、攻撃が中途半端なものに終わる危険がある」

「『筑摩』機目標は、いかがなさいますか？」

「第二次攻撃隊を向かわせる」

大石の問いに、塚原は即答した。

昨日のカビエン攻撃には、零戦三六機、九九艦爆八一機が参加し、零戦六機、九九艦爆一〇機が未帰還、零戦九機、九九艦爆一二機が修理不能と判断され、破棄された。

昨夜、各空母の整備員が夜通しで予備機を準備してくれたため、第二次攻撃に使用可能な機体は、零戦三三機、九九艦爆七一機だ。

これに三、四航戦の九七艦攻を加えれば、「筑摩」機目標を叩くことは充分可能だ。

「各隊に通達。『〈利根〉二号機ガ発見セル目標ヲ〈甲〉、〈筑摩〉一号機ガ発見セル目標ヲ〈乙〉ト呼称ス』『第二次攻撃目標ハ〈乙〉トス』」

塚原が改まった声で下令したとき、隊列の前方に褐色(かっしょく)の砲煙が湧き出した。

若干の間を置いて「赤城」に砲声が伝わって来る。

「四駆ですね」

大森が、右前方を見て言った。

隊列の右前方を守る第四駆逐隊の陽炎(かげろう)型駆逐艦が、一二・七センチ主砲を発射したのだ。

「右三〇度に敵機。高度三五(サンゴ)（三五〇〇メートル）！」

今度は、艦橋見張員が報告を上げた。

「発見されたか」

塚原は唸り声を発した。

今回の戦いでは、日本側が先に敵艦隊を発見できたが、一方的に敵を叩くという理想的な展開にはならなかった。

一航艦も、空襲を受ける可能性大となったのだ。

塚原は、小野に命じた。

「各航空戦隊に、『第二次攻撃隊ノ準備急ゲ』と打電してくれ。こちらが攻撃を受ける前に、何としても発進させる」

2

「指揮官機より入電。『一航戦目標、二、三番艦。二航戦目標、一番艦。突撃隊形作レ』」

電信員を務める福田政雄（ふくだまさお）一等飛行兵曹の報告が、「飛龍」飛行隊長と艦攻隊長を兼任する楠美正（くすみただし）少佐の耳に届いた。

一航艦第一部隊の空母四隻から発進した攻撃隊一二六機は、一時間余りの飛行の後、空母三隻を含む米艦隊を捕捉している。

司令部が「甲」の仮称を与えた目標――「利根」の水偵が発見した米艦隊に間違いない。

攻撃に参加した九七艦攻九〇機のうち、一航戦の所属機は五四機と、全体の六割を占める。

この五四機を敵空母二隻に割り当て、二航戦の三六機は一隻に集中させるというのが、攻撃隊総指揮官を務める淵田美津雄少佐の決定だ。

「よし、行くぞ！」

楠美は機体をバンクさせ、「飛龍」艦攻隊の一七機と「蒼龍」艦攻隊の一八機に合図を送った。

「飛龍」隊が右に、「蒼龍」隊が左に、それぞれ旋回し、艦戦隊も母艦毎に分かれて、艦攻隊に付き従って来る。

前方では、一航戦の艦攻隊が二航戦同様二手に分かれ、敵艦隊を挟み込むようにして、左右へと回込んでいる。

「我が二航戦なら、敵空母二隻を引き受けられると言いたいところだが……」

口中で呟きながら、楠美は「飛龍」隊を誘導した。

一航戦に対する二航戦の競争意識は強い。

南方作戦でも、セイロン島沖海戦でも、サイパン島沖海戦でも、一航戦に負けぬだけの戦果を上げて来たとの自負がある。

昨年一一月、山口多聞少将が新司令官に着任してからは、一層その意識が強くなった。

山口は着任以来、「二航戦を、帝国海軍でも最も精強な部隊にする」との意気込みで、「蒼龍」「飛龍」の搭乗員を厳しく鍛えた。

訓練は殉職者が出るほどの激しさであり、搭乗員からは「人殺し多聞丸」と呼ばれるほどだったが、技量は確実に向上した。

自分たちなら、敵空母二隻を引き受けても確実に仕留められる、との自負はあるが、命令は命令だ。

「指揮官機より受信。『全軍突撃セヨ』」

福田が、新たな命令を伝えた。

楠美機は「飛龍」艦攻隊の先頭に立ち、高度を下げつつ、敵艦隊の右方へと回り込む。

敵空母は三角形の陣形を組み、その周囲を巡洋艦、駆逐艦が囲んでいる。

艦同士の間隔は、かなり狭い。対空砲火の密度を高めようと考えてのことであろう。

「右上空、敵機！」

偵察員の近藤正次郎中尉が緊張した声で叫んだ。

一〇機前後の機体が、右前方から向かって来る。「飛龍」艦攻隊の前方を塞ぐ形だ。

ずんぐりしているが、鈍重そうには見えない。力瘤が盛り上がった太い腕を思わせる形状だ。

グラマンＦ４Ｆ〝ワイルドキャット〟。サイパン沖で初見参した、米軍の艦上戦闘機であろう。

零戦が次々と右旋回をかけ、Ｆ４Ｆに立ち向かう。

体操選手のようにスマートな機体が、見るからにごついＦ４Ｆに、正面から突っ込んでゆく。

Ｆ４Ｆが両翼に発射炎を閃かせる。

青白い曳痕の連なりが殺到するが、それに貫かれる零戦はない。

右旋回、あるいは左旋回によって射弾をかわし、Ｆ４Ｆの側方や背後に回り込む。

Ｆ４Ｆも切り返そうとするが、零戦は機体を大きく傾斜させ、内側へ内側へと回り込む。

零戦の両翼に発射炎が閃き、真っ赤な太い火箭が、Ｆ４Ｆの主翼に、胴に、コクピットに突き刺さる。

片方の主翼を叩き折られたＦ４Ｆが錐揉み状になって墜落し、胴を掻き裂かれたＦ４Ｆは、機体のコントロールを失ってよろめく。コクピットに一撃を食らったＦ４Ｆは、風防ガラスの内側を真っ赤に染め、火も煙も噴き出すことなく墜落する。

長柄の槍を持つ鎧武者と、切れ味鋭い剛剣を持つ剣豪の勝負を見ているようだ。

九六艦戦は軽武装がたたり、Ｆ４Ｆになかなか致命傷を与えられなかったが、零戦は違う。

二〇ミリ機銃の剛剣を振るい、一機、また一機と、Ｆ４Ｆを切り伏せてゆく。

「我が隊に向かって来る敵機なし！」

「よし！」

近藤の報告を受け、楠美は前方を見据えた。

Ｆ４Ｆは、零戦が引き受けてくれる。自分たちは、雷撃だけを考えればよい。

「飛龍」隊の一七機を従え、海面付近まで舞い降りる。

波のうねりが目の前に見えるほどの低高度だ。飛沫が主翼や胴体にかかりそうな気がする。

「後続機、どうか？」

「全機、我に続行中！」

「よし！」

近藤の答を聞き、楠美はエンジン・スロットルをフルに開いた。

零戦が装備しているものと同じ、中島「栄」一二型エンジンが咆哮し、九七艦攻が加速された。

ちらと右方に目をやると、第一中隊の五機が横一線に並んで突撃している様が見える。

三個中隊が、三列の複横陣を組み、目標に突進するのだ。第一中隊が失敗しても、後方に第二、第三中隊が控えている。

しかも反対側からは、「飛龍」隊に劣らぬ技量を持つ「蒼龍」の艦攻隊が攻撃する。

敵空母が雷撃から逃れるのは至難であるはずだ。

楠美が顔を上げたとき、前方に複数の発射炎が閃いた。

　若干の間を置いて、周囲で続けざまに爆発が起こり、機体が爆風に煽られた。

「……！」

　楠美は声にならない叫びを上げた。

　対空射撃は、サイパン島沖海戦以上に激しい。

　帝国海軍では、対空火力に重点を置いた防空駆逐艦の建造を進めているが、米軍は同種の艦を、いち早く前線に送り出したのかもしれない。

「三番機被弾！」

　近藤が悲痛な声を上げた。

　楠美は唸り声を上げ、正面を見据えた。

　艦上を発射炎で真っ赤に染めた艦が、視界に入った。楠美の目には、前方に立ち塞がる赤鬼（あかおに）のように見えた。

「九七艦攻（ケイト）一機撃墜！」

　防空巡洋艦「トレントン」の射撃指揮所に、見張員の報告が飛び込んだ。

「射撃続行！」

「トレントン」砲術長エドガー・ソーン中佐は意気込んで叫んだ。

　艦の左舷側に、四秒置きに発射炎が閃き、砲声が艦上を駆け抜ける。

「トレントン」の前方に位置する駆逐艦「シムス」も、後方に位置する軽巡「ボイス」も、一二・七センチ両用砲に繰り返し発射炎を閃かせ、輪型陣（りんけいじん）の左前方から侵入を図るケイトの群れに、一二・七センチ砲弾を浴びせかける。

　また一機、ケイトが火を噴いて海面に落下する。

　橙色（だいだいいろ）の炎がしぶいたかと見るや、炎と黒煙が機体を包み、波頭に激突する。

　更に、ケイト一機の頭上で一二・七センチ砲弾が炸裂する。そのケイトは、炎も黒煙も噴き出さなかったが、見えない手に摑まれたかのように海面に突っ込み、飛沫を上げる。

「外見は古臭(ふるくさ)く見えるかもしれんが、兵装は最新なんだよ、ジャップ！」

なおも突撃して来るケイトに、ソーンはその言葉を投げかけた。

「トレントン」は、一九二三年から二五年にかけて竣工したオマハ級軽巡の装備を換装し、空母の対空直衛艦に仕立て直した艦だ。

竣工時に装備していた一五・二センチ連装砲、七・六センチ単装両用砲、五三・三センチ三連装魚雷発射管といった装備に換えて、一二・七センチ連装両用砲八基、同単装砲一〇基、二八ミリ四連装機銃四基、同連装機銃六基を装備する。

改装されたオマハ級は、「トレントン」を含めて四隻だ。

兵装以外は姉妹艦と同じだが、改装を受けた四隻の中で、艦番号が最も古い「リッチモンド」の名を取って、リッチモンド級とも呼ばれる。

合衆国海軍では、開戦に備えて新しい防空巡洋艦の建造を進めていたが、このクラスが竣工し始めるのは今年の末からであり、急場には間に合わない。

そこで、旧式化が進んだオマハ級を改装することで、新型艦が竣工するまでの繋ぎとしたのだ。

今回のビスマルク諸島防衛作戦には、フランク・J・フレッチャー少将の第八任務部隊(TF8)とオーブリー・W・フィッチ少将の第一二任務部隊(TF12)が参加している。

いずれも、空母三隻ずつを中心とする部隊だ。

リッチモンド級は、二つの任務部隊に二隻ずつ配属され、空母の護衛に当たっている。

「トレントン」は姉妹艦「コンコード」と共にTF12に所属し、輪型陣の前方で、ところ狭しと装備した対空火器を振るい続けていた。

「機銃、射撃開始します！」

機銃分隊の指揮官マイケル・ホランド大尉が報告し、左舷側に新たな発射炎が閃く。

片舷に一四丁を装備する二八ミリ機銃が火を噴き、

アメリカ海軍 リッチモンド級防空巡洋艦「トレントン」

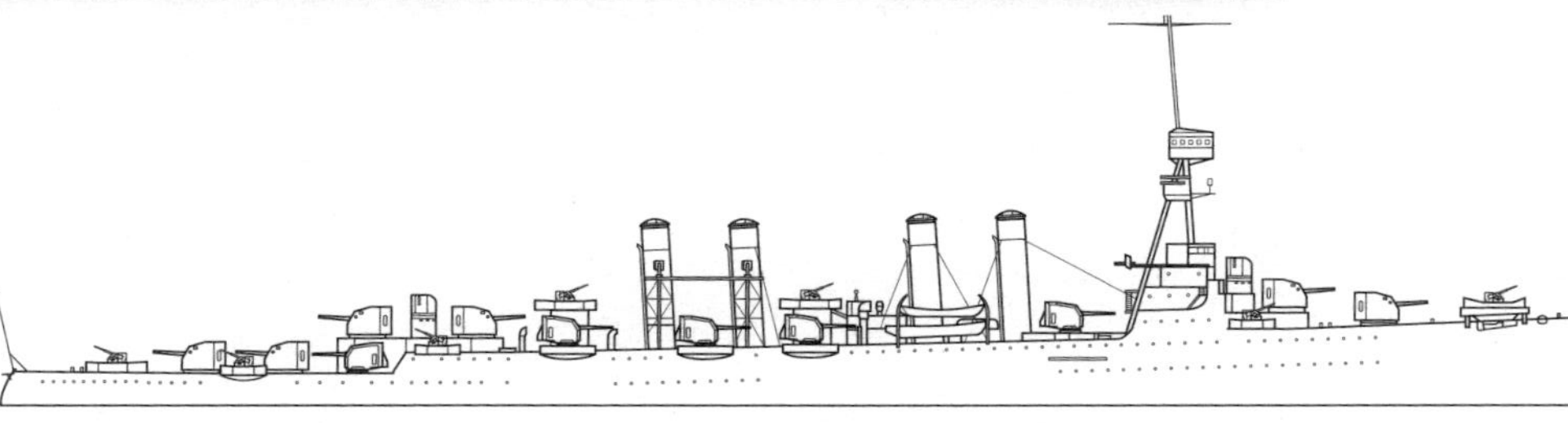

全長	169.3m
最大幅	16.8m
基準排水量	7,050トン
主機	ギヤードタービン 4基／4軸
出力	90,000馬力
速力	33.8ノット
兵装	12.7cm 38口径 連装両用砲 8基 16門 12.7cm 38口径 単装両用砲 10門 28mm 4連装機銃 4基 28mm 連装機銃 6基
乗員数	490名
同型艦	リッチモンド、コンコード、 メンフィス

欧州情勢の緊迫および対日関係の悪化により、米海軍はさまざまな装備の近代化を進めており、対空火力を重視した防空巡洋艦の建造も予定されていた。しかし、対外情勢は予想を超えて悪化し、これら新装備の完成を待たず開戦に至った。このため、新型防空巡洋艦が竣工するあいだの策として、すでに旧式化していたオマハ級軽巡洋艦を改装し、艦隊の防空に宛てることとした。

主兵装として、12.7センチ両用砲を連装８基、単装10基搭載。これらと新設計のMk.37砲射撃指揮装置を組み合わせることで、非常に高い命中率を実現している。さらに28ミリ４連装機銃４基、同連装機銃６基を装備している。

旧式艦を改装した艦ではあるが、その対空火力は瞠目すべきものがあり、艦隊防空の主役として存在感を示している。

青白い無数の曳痕が、ケイト目がけて殺到する。

今度は、これまでのようにはいかなかった。

ケイトは高度を下げ、二八ミリ弾の真下をかいくぐっている。

一二・七センチ両用砲にせよ、二八ミリ機銃にせよ、俯角(ふかく)には限界があり、海面すれすれの高度は撃てないと見抜いたかのようだ。

それでも、ケイト一機が火を噴き、炎と黒煙を後方になびかせた。

「グッド!」

ソーンは右手の親指を立て、部下の奮闘を讃(たた)えた。

撃墜したケイトは、これで四機。先頭集団六機の三分の二だ。

撃墜率は、極めて高い。

新型の防空艦など不要ではないか。オマハ級の全艦を、防空艦に改装すれば充分ではないか——そんな考えが浮かんだ。

「ケイトの後続機、本艦を回避する模様!」

見張員が、敵機の動きを報告した。

ソーンは舌打ちした。

ケイトの指揮官は、「トレントン」を強敵と見て、他艦の間を抜けると決めたようだ。

「強打者だからって敬遠したら、観客からブーイングを浴びるぜ、ジャップ!」

ソーンがその言葉を敵機に投げつけたとき、

「ケイト一機、本艦に向かって来ます!」

見張員が、悲鳴じみた声で報告した。

ソーンは目を剝いた。

先に火を噴かせたケイトは、まだ墜ちていなかった。帰還不能と見て、「トレントン」に体当たりするつもりなのだ。

「ホランド、ケイトに集中射撃!」

ソーンは慌ただしく命じた。

「ケイトに射撃を集中します!」

ホランドが復唱を返したときには、左舷側の二八ミリ機銃が、ケイトに射弾を浴びせている。

片舷に指向可能な二八ミリ機銃一四丁が、全て一機に集中されるのだ。すぐに墜とせる、とソーンは楽観していたが――。

「墜ちない⁉」

愕然として、ソーンは叫んだ。

火災を起こしたケイトは、墜ちる様子がない。機体を半ば炎に包まれ、速力を大幅に衰えさせながらも、海面すれすれの高度を、「トレントン」目がけて突き進んで来る。

墜落寸前のため、二八ミリ弾は、全てケイトの頭上を通過しているようだ。

「砲術より艦長！」

ソーンが艦長アレクサンダー・シャープ大佐を呼び出したとき、ケイトの姿が、射撃指揮所の死角に消えた。

次の瞬間、「トレントン」が竣工してから初めて経験する強烈な衝撃が襲った。

射撃指揮所内の全員が跳ね飛ばされ、あるいは床に叩き伏せられた。ソーンも砲術長席から投げ出され、内壁に叩き付けられて気を失った。

艦橋の左舷直下に、魚雷を抱いたケイトの体当たりを受けた「トレントン」は、黒煙を噴出し、速力を急速に落とし始めている。

その前方、あるいは後方を、ケイトがフル・スロットルの爆音を轟かせて次々と通過し、輪型陣の内側に突入した。

「味方機一機、敵艦に体当たり！」

福田一飛曹が報告したとき、楠美の九七艦攻は、既に輪型陣の内側に突入し、敵空母の一番艦に機首を向けていた。

驚くべきは、輪型陣の外郭を固めていた一隻が放って来た対空砲火の凄まじさだ。

楠美が直率した第一中隊六機のうち、四機までもが失われたのだ。

煙突が四本あったところから見て、旧式の軽巡と思われるが、その艦があれほど激しい対空砲火を浴びせて来るとは予想外だった。

対空砲火が比較的少ない駆逐艦の近くから、突入を図るべきだったと思う。

楠美は顔を上げ、正面を見据えた。

敵空母は、飛行甲板の縁を赤く染め、さかんに射弾を飛ばしている。

面舵を切っており、「飛龍」隊には艦尾を向ける格好だ。

「駄目だな、この射点では」

楠美は、咄嗟に判断した。

艦尾方向からの雷撃は、対向面積が最小になることに加え、魚雷が敵艦を追いかける形になるため、まず当たらない。

「ならば！」

楠美は、操縦桿を右に倒した。

敵空母の後方から右舷側へと回るのだ。うまくやれば、右舷艦首か中央に魚雷を叩き込んでやれる。

「後続機、どうか？」

「視界内に六機確認！」

「了解！」

近藤の答を聞き、楠美は唇の右端を吊り上げた。

自機も含めて七機が、敵艦に突撃している。

肉眼では確認できないが、「蒼龍」隊も敵空母に向かっているはずだ。

激しい対空砲火に阻まれはしたが、二航戦の艦攻隊は、確実に敵空母を追い詰めている。

「敵の艦形を確認。識別表にない型です！」

「……了解！」

近藤の報告を受け、楠美は一瞬答に詰まったが、ごく短い答を返すだけに留めた。

識別表にない型というのは引っかかるが、今は雷撃だけを考えるのだ。

敵弾が飛び交う中、楠美の九七艦攻は海面すれすれの高度を突き進む。

頭上はおびただしい曳痕に塞がれ、胴体の下では波がうねる。

高速で回転するプロペラや胴体下に抱いている魚雷に、波飛沫がかからんほどの低高度だ。僅かな操縦桿の操作ミスが、死に直結する。

それでも楠美は正面を見据え、敵空母に直進する。

前方では、敵艦が舷側を真っ赤に染め、鋭い艦首で海面を弧状に切り裂いている。

楠美が輪型陣の内側に突入した直後は、「飛龍」隊に艦尾を向けていたが、現在は回頭の結果、右舷側を向ける形になっている。

「もうちょい……もうちょい」

そう呟きながら、楠美は敵空母との距離を詰める。

遠距離から発射したのでは、し損じる可能性が高い。できる限り距離を詰めるのだ。

照準器の白い環が、目標を捉える。

艦影が、急速に拡大する。

その姿を見て、楠美は息を呑んだ。

艦橋がない。

艦首から艦尾まで、真っ平らな艦だ。

正確には、四本の小さな煙突が見えるが、それ以外には、上部構造物が見当たらない。

近藤が「識別表にない」と報告したのも頷ける。

楠美にとっても、他の艦攻搭乗員にとっても初見参の艦だ。

楠美があっけにとられたのは一瞬だ。

もう距離はほとんどない。敵空母の艦首と、その周囲に上がる海水の飛沫が目の前に迫って来る。

対空火器の死角に入ったのか、敵弾はほとんど飛んで来ない。

「用意、てっ！」

好機と見て、楠美は魚雷の投下レバーを引いた。

重量八〇〇キロの九一式航空魚雷を切り離した反動で、機体が僅かに上昇した。

楠美は、敵空母の前方を抜ける。

敵艦の艦首が間近に見え、肝を冷やすが、次の瞬間には反対側へと抜けている。

　多数の艦攻の姿が、楠美の視界に飛び込んだ。

「飛龍」隊の反対側から突入した、「蒼龍」の艦攻隊だ。サイパン島沖海戦と同じく、阿部平次郎大尉が指揮を執っているであろう。

「蒼龍」隊とすれ違い、楠美は輪型陣からの脱出を目指す。

　敵の護衛艦艇が、逃がすまいと射弾を浴びせて来るが、楠美の機体はその真下をかいくぐる。

「命中！」

　の声が、ほどなく上がった。福田一飛曹の、歓声混じりの声だった。

「二本目！　三本目！　四本目！」

　報告はなおも続くが、楠美は返答しない。今は、敵弾から逃れるだけで精一杯だ。

　雷撃を終えた今は、生還こそが最優先の目標となっている。

　背後からの敵弾の飛来は、ほどなく止んだ。

　楠美は操縦桿を手前に引き、上昇に転じた。

　高度三〇〇〇で、旋回待機に入る。

　黒煙は、海面の四箇所から上がっている。

　うち三箇所は輪型陣の中央、一箇所は外郭だ。外郭で上がっている火災煙は、被弾した艦攻が、敵艦に体当たりしたものであろう。

「福田、敵一番艦への命中本数は？」

「四本までは確認できました」

「撃沈確実だな」

　楠美は、満足感を覚えた。

　サイパン沖で「レキシントン」「サラトガ」を沈めた現在、米海軍の最も大きな空母は、基準排水量一万九八〇〇トンのヨークタウン級だ。

　自分たちが雷撃した空母は、ヨークタウン級よりも小さかったと見積もられる。魚雷四本の命中で、撃沈に追い込めるはずだ。

「それにしても……」

　楠美の脳裏に、改めて疑問が浮かんだ。

　自分たちが雷撃した敵空母は何物だったのか。米軍はいつの間に、あのような空母を完成させていたのか、と。

3

　攻撃隊総指揮官機が打電した「敵発見。突撃隊形作レ」の報告電は、九時三七分（現地時間一〇時三七分）、一航艦の各艦で受信された。

「赤城」の艦隊司令部や各戦隊の司令部では、喜びの声が上がったが、それは一四分後、驚愕（きょうがく）の叫びに替わった。

「敵機来襲。今ヨリ応戦ス。〇九五一（マルキュウゴヒト）」

　との報告電が、三航戦旗艦「龍驤」や四航戦旗艦「千歳」から打電されたのだ。

「何故、こちらに……」

「千歳」の艦橋では、四航戦の首席参謀山内英一（やまうちえいいち）中佐が、茫然（ぼうぜん）とした声を上げている。

　第一次攻撃隊の発進直後、一航艦旗艦「赤城」より全艦に向け、「我、敵機ノ触接ヲ受ク」との電文が発せられている。

　敵に発見されたのは第一部隊のみであり、第二部隊の上空に、敵の索敵機は姿を見せていない。

にも関わらず、何故第二部隊が空襲を受けるのか。

「偶然の産物かもしれぬ」

四航戦司令官桑原虎雄（くわばらとらお）少将は、推測を述べた。

第二部隊は、第一部隊の北方三〇浬の海面に展開している。

　敵の攻撃隊指揮官は、航法計算を間違え、第二部隊の上空に出てしまった。

　その結果、第二部隊を自分たちの攻撃目標と誤認したのではないか。

「第一部隊は正規空母中心、第二部隊は小型空母中心です。見間違えるものでしょうか？」

「上空からでは、正規空母と小型空母の区別は付けにくい。米軍にしてみれば、目の前の敵を叩くのは当然だろう」

桑原は、自身の経験に照らして言った。

「嘆いても、どうにもならぬ。何としても、この場を切り抜けるぞ！」

艦橋内の全員に向かって、桑原は言った。

このときには、第二部隊の直衛に当たる九六艦戦が突撃を開始している。

零戦は正規空母への配備が優先されたため、小型空母には九六艦戦が搭載されたのだ。

旧式ながら、旋回性能は零戦以上とされる機体が、機体に陽光を反射させながら突進する様は、抜刀した剣士が白刃を閃かせながら斬込んでゆく様を思わせる。

敵機が次々と火を噴いて墜落する様が期待されたが――。

「防ぎ切れぬな」

小型空母「千歳」の防空指揮所に上がっている艦長野元為輝大佐は、上空を見て呟いた。

「艦長より司令官、操艦での回避を図ります」

野元は伝声管を通じ、艦橋にいる桑原司令官と連絡を取った。

「了解した。本艦の操艦は全て任せる」

とのみ、桑原は応えた。

第二部隊の小型空母四隻は、上空直衛と対潜警戒を主任務としているため、搭載機数の半数以上を九六艦戦で固めている。

「龍驤」が二七機、「瑞鳳」「千歳」「千代田」は二一機ずつだ。

ただし、その大半は第一部隊の直衛に就いている。第二部隊を守るのは二七機だけだ。

一方、出現した敵機は、ざっと八〇機と見積もられる。

敵機の三分の一、しかも兵装の非力さが弱点となっている九六艦戦に防ぎ切れるとは思えない。

桑原はその現実を、はっきりと認識していたのだ。

上空では、九六艦戦が敏速に飛び回り、敵機に射

日本海軍 千歳型航空母艦「千歳」

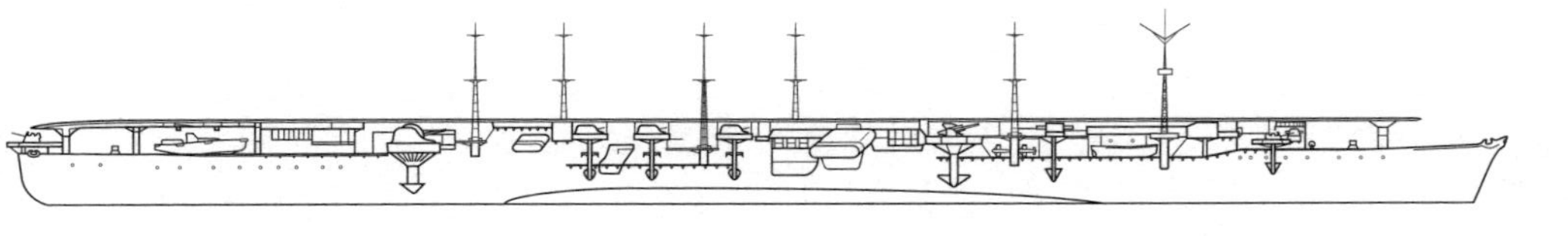

全長	192.5m
最大幅	21.5m
基準排水量	11,190トン
主機	蒸気タービン 2基／2軸
出力	56,800馬力
速力	29.0ノット
兵装	12.7cm 40口径 連装高角砲 4基 8門 25mm 3連装機銃 10基
航空兵装	常用 36機（九六艦戦の場合） 常用 30機（零戦の場合）
乗員数	967名
同型艦	千代田

本艦は、水上機24機を運用する水上機母艦として昭和13年７月に竣工したが、設計当初から特殊潜航艇（甲標的）母艦、高速給油艦、航空母艦への改造が考慮されていた。

昭和14年12月、英仏蘭に対し戦端を開いた我が国だったが、その戦備は不充分で、ことに空母戦力は「赤城」「加賀」など５隻のみで、新鋭空母「翔鶴」「瑞鶴」はいまだ船台上にあった。このため、海軍は潜水艦母艦「剣崎」「高崎」、水上機母艦「千歳」「千代田」の４艦を空母に改造することを決定。ただちに工事に入った。

空母への改造が予定されていたとはいえ、バルジの装着、格納庫の設置、煙路の移設など工事内容は多岐に亘り、開始から10ケ月後の昭和15年10月末に竣工した。

飛行甲板は長さ180メートル、幅23メートルと小ぶりだが、艦上戦闘機の運用には十分で、おもに九六艦戦の母艦として、艦隊の直掩任務に活躍が期待されている。

弾を浴びせているが、敵編隊は意に介した様子もなく、第二部隊との距離を詰めて来る。

時折、上空に爆炎が湧き出し、黒煙が海面に向かって伸びる。

コクピットに被弾したのか、火も煙も噴き出すことなく墜落し、海面に飛沫を上げる機体もある。

艦上からでは、どちらが撃墜されたのか分からない。空母の艦長としては、今の墜落機が敵機であってくれ、と願うばかりだ。

敵編隊が、大きく散開した。

直後、「千歳」の前方の海面で、発射炎が閃き、上空に次々と爆煙が湧き出した。

第二部隊の前方を守る第一〇戦隊の軽巡「阿武隈」と第一七駆逐隊の陽炎型駆逐艦が、対空戦闘を開始したのだ。

「千歳」の右舷側海面でも、第三戦隊の「榛名」が砲門を開いている。

第二部隊の所属艦の中では、姉妹艦「金剛」と共に、最も火力の大きな艦だ。

「まるで、弁慶に守られる義経だ」

「榛名」をちらと見やり、野元は呟いた。

基準排水量三万二一五六トンの高速戦艦が、対空火器によって基準排水量一万一一九〇トンの小型空母を守る構図は、大力無双の荒法師が身を挺して、小柄な主君を守っているかのようだ。

「だからといって、ここを衣川館にするわけにはいかん！」

源義経が最期を迎えた場所の名を口に出し、両手で顔を叩いて、自身に気合いを入れた。

前方にも、褐色の砲煙が湧き出した。第三航空戦隊の「龍驤」と「瑞鳳」が砲撃を開始したのだ。

「艦長より砲術、射撃開始！」

野元は、射撃指揮所に下令した。

一拍置いて、防空指揮所の後方から砲声が届き始めた。

左右両舷に二基ずつを装備する一二・七センチ連

装高角砲が火を噴いたのだ。

「左舷見張りより艦長。『千代田』撃ち方始めました！」

「了解！」

届けられた報告に、野元は即答した。

「千歳」の防空指揮所は、右舷前部に張り出した補助艦橋の上にあるため、左舷側は直接目視できない。左舷側の状況を知るには、見張員が頼りだ。

野元は、上空を注視する。

敵編隊の周囲で、次々と爆発光が閃き、黒い爆煙が湧き出す。高角砲弾の中には、敵編隊のただ中で炸裂しているように見えるものもある。

撃墜を期待するが、火を噴く機体はほとんどない。駆逐艦や巡洋艦の頭上を難なく突破し、空母に向かって来る。

「分散か？　集中か？」

野元は、上空に向かって問いかけた。

攻撃隊を分散し、第二部隊の全空母を狙うのか。あるいは一隻ないし二隻に的を絞り、集中攻撃をかけるのか。

敵編隊が、大きく四隊に分かれた。

うち一隊――一五、六機前後と思われる敵機が「千歳」に機首を向けて来た。

「面舵一杯！」

野元の命令に、航海長門倉正直中佐が復唱を返す。

「面舵一杯。宜候！」

操舵長は舵輪を目一杯回したであろうが、「千歳」はすぐには艦首を振らない。

空母としては小型だが、基準排水量は重巡並だ。縦横比が大きいため、小回りも利きにくい。

敵機が距離を詰め、爆音が拡大する。

野元は、上空に双眼鏡を向けた。

ヴォートSB2U〝ヴィンディケーター〟――サイパン島沖海戦時の敵主力艦爆とは、異なる形状だ。胴体の前半分が太く、後ろ半分が細い。

新たに配備された新型機かもしれない。

その新型機目がけ、「千歳」の一二・七センチ高角砲が射弾を放つ。

最初は前部の二基四門だけだったが、相対位置の変化に伴い、全高角砲が敵機を射界に捉え、砲撃を浴びせている。

四秒から五秒置きに砲声が轟き、上空に爆炎が躍り、黒い爆煙が湧き出す。

爆煙の周囲には、無数の鋭い弾片が、投げナイフのように飛散しているはずだが、火を噴く敵機はない。どの機体も、高角砲弾の炸裂などものともせず、「千歳」の右前方から向かって来る。

敵一番機が機体を翻した。胴体下が陽光を反射し、人斬りが振りかざす刃（やいば）のような輝きを放った。

二番機、三番機が続けて機体を翻す。

急降下爆撃の定石（じょうせき）通り、一本棒となって降下するのだ。二番機以下の搭乗員は、一番機の投弾の結果を見て、適宜（てきぎ）針路を修正する。

一二・七センチ高角砲が、更に吼（ほ）え猛（たけ）る。敵機が降下に入る時機を狙って、射弾を浴びせる。

敵五番機の至近距離で、一発が炸裂した。強烈な閃光が走り、敵機は跡形もなく吹き飛んだ。

続いて六番機が火を噴き、投弾コースから大きく外れる。

高角砲による戦果は、その二機だけだ。他の機体は、逆落としに突っ込んで来る。

「敵一番機、高度二〇（フタマル）（二〇〇〇メートル）！」

見張員が報告を上げたとき、「千歳」の艦首が大きく右に振られた。

一旦回頭が始まれば、動きは速い。海面に大きな弧を描き、敵機の真下に艦首を突っ込んでゆく。

自ら身を投げ出す格好だが、急降下爆撃の回避には、この方法が有効だ。敵機は降下角を深めねばならなくなり、操縦員は身体が浮いて、照準を付けにくくなる。

「千歳」が水上機母艦から小型空母への改装を終え、姉妹艦の「千代田」と共に第四航空戦隊を編成したとき、野元と「千代田」艦長原田覚大佐が、桑原司令官から教わった回避術だ。

「一八！　一六！」

見張員が敵機の高度を報告する。数字が小さくなるにつれ、ダイブ・ブレーキの音が拡大する。

機銃はまだ火を噴かない。引きつけてから撃つつもりらしい。

「羅式があればな」

野元は舌打ちした。

セイロン島沖海戦、サイパン島沖海戦で使用実績がある羅式三七ミリ機銃であれば、高度一五〇〇メートル前後の敵機を撃てる。弾道の直進性がよく、命中率も高い。

だが、羅式は生産数がまだ少ないこと、正規空母への装備が優先されていることから、「千歳」「千代田」には装備されていない。

左右両舷に一基ずつでも構わないから、羅式を装備させて欲しかったと思う。

「一〇！」

の叫びが上がったとき、機銃の連射音が届いた。片舷に五基を装備する二五ミリ三連装機銃が火を噴いたのだ。

回頭に伴い、「千歳」は敵機に左舷側を向ける形になっている。

左舷側から、真っ赤な曳痕が空中高く翔上がり、降下する敵機の正面から殺到する。

無数の二五ミリ弾が、目標を包み込み、打ち砕く様を期待するが、敵機は火を噴く様子を見せない。たじろいだ様子もなく、突っ込んで来る。

ダイブ・ブレーキ音が爆音に変わった。

敵機が轟音と共に、「千歳」の飛行甲板の真上を通過した。

二五ミリ弾は、二番機以下の機体に集中される。野元の目には、相当数の二五ミリ弾が命中しているように見えるが、結果は一番機と同じだ。

二番機が通過した直後、「千歳」の左舷側海面から炸裂音が届き、防空指揮所に爆圧が伝わった。

右舷側の補助艦橋上にある防空指揮所からでは、飛行甲板に遮られ、左舷側の水柱を見ることはできない。ただ、炸裂音の大きさや爆圧から、至近距離に落下したと分かるだけだ。

三番機以下が、次々と通過する。

敵弾は「千歳」の右舷側海面に、あるいは左舷側海面に落下し、大量の海水を噴き上げる。

「千歳」は右へ右へと艦首を振りつつ、水柱の間をかいくぐってゆく。

一度ならず、至近弾の爆圧が艦底部を突き上げ、海水が夕立のような音を立てて飛行甲板を叩く。

防空指揮所の前にも、水柱が奔騰した。

「伏せろ！」

野元は全員に下令し、自らも身体を投げ出した。

直後、艦が水柱に突っ込んだのだろう、膨大な量の海水が背中から降り注いだ。見張員の叫びが聞こえたような気がするが、海水が降り注ぐ轟音に遮られ、野元の耳には届かない。早く水柱から抜けてくれ、と願うばかりだ。

海水の落下は、さほど長く続かない。終わったとき、野元は頭から爪先まで、濡れ鼠になっていたが、負傷はない。

「皆、無事か⁉」

「全員、健在です。海水にさらわれた者はおりません！」

見張長の小山田宗介一等兵曹が報告する。

敵弾の落下は、なおも続く。

敵機は爆音を上げて「千歳」の頭上を通過し、右に、左に水柱が奔騰する。

至近弾はあるが直撃弾はない。

艦は、紙一重のところで敵弾をかわし続けている。

最後の一機が「千歳」の頭上から離脱し、その投弾が右舷側海面に落下したところで、

「艦長より達する。敵弾は全て回避した！」

野元は宣言するような口調で、全乗組員に伝えた。

期せずして、艦内各所に歓声が沸き起こる。

ひたすら逃げ回っただけとはいえ、十数機による急降下爆撃を全て空振りに終わらせた。水上機母艦から改装された、基準排水量一万トンそこそこの小型空母が、正規空母に劣らぬ奮戦ぶりを見せたのだ。

もっとも「千歳」は、二航戦の「飛龍」より四〇メートルほど短く、二メートルほど幅が小さい。小さな艦体が、うまく敵弾の間をくぐり抜けたとも考えられる。

「猫のようなものだな」

野元は、小さく笑った。

しなやかな身体を活かし、細い隙間をすいすいとくぐり抜けてゆく猫の姿が、自身が預かる艦の姿に重なったが――。

「左舷見張所より艦長、『龍驤』被弾！」

悲痛な声で、報告が飛び込んだ。

艦の回頭に伴い、どす黒い火災煙が視界に入って来た。

死角に入っていた三航戦旗艦の姿が、野元の目に映った。

「龍驤」は、飛行甲板から濛々たる黒煙を噴き上げている。速力が低下しているのか、火災煙は艦の後部から海面付近まで流れ落ちている。

何発を被弾したのかは不明だが、被害は飛行甲板に留まらず、格納甲板や機関部にまで及んでいるようだ。

はっきりしているのは、「龍驤」は「千歳」ほどの幸運には恵まれなかったということだった。

「『千代田』に急降下！」

「いかん！」

新たな悲報を受け、野元は叫び声を上げた。

空襲は、まだ終わったわけではなかった。

新たな敵機が、健在な空母を狙って来たのだ。

「千代田」はこのとき、直進に戻っている。

原田覚艦長は、空襲は終わったと判断し、舵を中央に戻させたのかもしれない。

「逃げろ、『千代田』！　舵を切れ！　舵輪を回せ！」

野元は、僚艦に呼びかけた。

声が届くはずもないが、呼びかけずにはいられなかった。

「千代田」の艦上に、発射炎が閃く。付近にいる巡洋艦、駆逐艦も、敵機に射弾を浴びせる。

空中に次々と爆煙が湧き出し、真っ赤な火箭が突き上がる。

敵機は、「千代田」の艦首付近で次々と機首を引き起こした。「千代田」の飛行甲板に沿って飛び、艦尾付近で上昇に転じた。

機銃手が真下から射弾を浴びせたのか、二機が続けざまに火を噴く。

その直後、「千代田」を囲むようにして、複数の水柱が次々に奔騰した。

飛行甲板の前部と中央部で、連続して爆発光が閃き、湧き起こる火焔が、塵のように見える破片を、空中高く噴き上げた。

4

「『龍驤』『千代田』被弾」

この報告電が、第一部隊各艦の通信室に入電したとき、第一部隊もまた、東方海上から接近する敵機の空襲を受けんとしていた。

上空には、三、四航戦より第一部隊上空に派遣された九六艦戦六三機が展開している。

「昔の農民みたいなものだな」

「千代田」艦戦隊の第三中隊長永倉巽特務少尉は、自嘲的な呟きを漏らした。

自分たちの母艦より、他の母艦の護衛を優先するという状況から、飢餓に陥っても年貢米を否応なく取り立てられる江戸時代以前の農民を連想したのだ。

「千代田」艦戦隊の中隊長の中には、はっきり不満を漏らした者もいる。

だが、飛行長の木瀬茂直少佐は、

「自分の母艦のことだけではなく、一航艦全体、いや海軍全体のことを考えろ。海軍にとっては、小型空母よりも正規空母の方が価値が高いんだ。母艦は艦長以下の乗員がしっかり守るから、貴様たちは『赤城』や『加賀』を守って来い」

と激励して、「千代田」の艦戦隊を送り出していた。

永倉らは、まだ母艦を襲った運命を知らない。

所属する母艦毎に分かれ、高度を三〇〇〇メートルほどに取って、第一部隊の上空で旋回しつつ待機している。

前方、左右、上方だけではなく、海面付近の低空にも目を配る。

昨年一〇月のサイパン島沖海戦で、敵の雷撃機が低空から侵入し、「加賀」に大きな損害を与えたことは、まだ記憶に新しい。

敵の出方が分からぬ以上、周囲の全てを見張る必要があった。

「来た！」

敵影に気づき、永倉は小さく叫んだ。

ちぎれ雲を突っ切るようにして、多数の敵機が第一部隊に向かって来る。

二〇機余りを一組とした編隊が四隊だ。機数は九〇機から一〇〇機といったところか。

永倉はバンクし、僚機に合図を送った。

各艦の戦闘機隊が、大きく三隊に分かれる。

第一、第二中隊各六機と、第三中隊九機だ。前者は敵戦闘機を牽制し、後者は急降下爆撃機、雷撃機を攻撃する。

敵編隊のうち、二隊が直衛隊に向かって来た。

グラマンＦ４Ｆ〝ワイルドキャット〟。サイパン島沖海戦で初見参した、新しい米軍の主力艦戦だ。

「千代田」艦戦隊長和田克彦（わだかつひこ）大尉、第二中隊長竹田守弘（たけたもりひろ）中尉が率いる第一、第二中隊が、真正面からＦ４Ｆ群を迎え撃つ。

「千歳」「龍驤」「瑞鳳」の九六艦戦も、Ｆ４Ｆに挑みかかってゆく。

永倉はＦ４Ｆ群を迂回し、後方に控える敵編隊に、麾下の八機を誘導した。

自分たちの相手は、急降下爆撃機、雷撃機だ。Ｆ４Ｆとの戦闘で、機数を減らすわけにはいかない。

Ｆ４Ｆ二機が乱戦の場から抜け出し、第三中隊に向かって来る。二機とも、永倉機を狙っている。

永倉は気づかぬ振りをし、中隊の誘導を続けた。

Ｆ４Ｆが距離を詰めて来る。ずんぐりしたごつい機体が、左前方から迫って来る。

その両翼に発射炎が閃く寸前、永倉は操縦桿を左に倒し、機体を横転させた。

九六艦戦が大きく高度を下げ、右の翼端付近を火箭がかすめる。

Ｆ４Ｆが、自身の射弾の後を追うようにして、永倉機がいた空間を通過する。

永倉が機体を水平に戻したとき、Ｆ４Ｆが反転する様子が見えた。

あくまで、永倉機を狙うつもりのようだ。

そのＦ４Ｆに、駆け付けて来た九六艦戦二機が正面から挑みかかる。

九六艦戦二機とＦ４Ｆ二機は、互いに背後を取ろうと水平旋回に入る。

彼我の四機が、旋回格闘戦を行いつつ、第三中隊から離れてゆく。

永倉は、再び中隊の先頭に立つ。

第三中隊に向かって来るＦ４Ｆはない。第一、第二中隊が、うまく敵機を牽制しているようだ。

永倉は、敵編隊の左前方へと第三中隊を誘導した。

初見参の機体だ。

胴体の前半分が太く、後ろ半分が細い。前後に長い風防の内側に、搭乗員二人の姿が見える。

おそらく、米軍の新型機であろう。

永倉は大きくバンクし、突撃の合図を送った。

エンジン・スロットルをフルに開き、敵新型機の前上方から、降下しつつ突進した。

永倉が発射把柄を握ると同時に、敵機の機首にも発射炎が閃いた。

敵の機銃も、九六艦戦のそれと同じ七・七ミリのようだ。細い火箭が槍の突き合いのように交差し、各々の目標に向かって伸びる。

永倉の射弾は、狙い過たず敵一番機の機首に吸い込まれる。敵の射弾は僅かに下方へと逸れ、視界の外に消える。

永倉は、操縦桿を左に倒す。九六艦戦が小さな円弧を描き、敵機の射程外に離脱する。

後続する第三中隊の各機が、敵機の正面から七・七ミリ弾を浴びせる。

一連射を放っては、右、あるいは左に旋回する。

九六艦戦の旋回性能を活かした攻撃法だ。敵機に銃撃を浴びせた後は急旋回をかけて、敵の射程外へと離脱するのだ。

直進する時間を最小限に留めれば、被弾確率を最小にし、生存率が高まる。生きてさえいれば、第二撃、第三撃を浴びせることができる。

永倉は、再び敵機の正面上方に占位する。

永倉自身が狙った機体も含め、三機が煙を引きずり、落伍しそうになっている。

（正面攻撃が効いた）

自身の選択が正しかったと、永倉は確信した。

七・七ミリ機銃は非力だが、敵機の正面から銃撃を浴びせれば、銃弾の速力に敵機の速力が加わり、貫通力が上がる。

正面攻撃は敵からも銃撃を浴びるため、撃墜される危険と隣合わせだが、頑丈な米軍機を撃墜するには最善の戦法だ。

「もう一丁！」

一声叫び、永倉は二度目の突撃を開始した。

敵一機に狙いを定め、前上方から突進する。

敵機が永倉機に正面から立ち向かう。七・七ミリ機銃の発射は、ほとんど同時だ。

彼我二丁ずつの火箭が交錯し、目標へと殺到する。

正面から殺到する無数の曳痕を見て、永倉は両目を見開いた。被弾を予感し、身体がこわばった。

被弾の衝撃はない。敵弾は永倉機の右方へと逸れ、多数の曳痕が翼端付近を通過する。

永倉の射弾は、敵機の機首からコクピットにかけて、ヤモリの舌のように舐めている。

永倉は、左旋回をかけて離脱する。

撃墜を確認したいところだが、「一連射を浴びせたら、すぐに離脱しろ。同じ空域に留まるな」と、部下に繰り返し命じた身だ。自身の教えを破るわけにはいかない。

左に旋回し、再び敵機の前上方に占位したとき、敵は陣形を大きく崩していた。

二〇機余りの緊密な編隊は四分五裂となり、機体同士の間隔が大きく開いている。

「もう一度だ！」

七・七ミリ機銃の残弾を確認し、永倉は叫んだ。

エンジン・スロットルを開こうとしたとき、周囲に爆煙が湧き出し始めた。

「おっと、いかん！」

永倉は急旋回をかけ、戦場空域から離脱した。

第一部隊の各艦が、対空射撃を開始したのだ。これ以上、敵機の近くに留まれば、味方撃ちの危険がある。

大きく高度を下げた永倉機の頭上を、敵の急降下爆撃機が、編隊を崩されたまま、突進してゆく。

その針路前方に、第一部隊の主力である四隻の正規空母が見えた。

「ひっかき回しはしたが、かえって回避し難くなったな」

空母「加賀」艦長岡田次作大佐は、敵機の動きを見て舌打ちした。

敵の攻撃隊は、三、四機の小隊単位、あるいは単機で輪型陣の内側へと侵入している。

サイパン島沖海戦における急降下爆撃は、指揮官機を先頭に一本棒となって突っ込んで来たため、比較的回避がやり易かったが、今回はばらばらに向かって来る。

右と左、どちらに回避しても、直撃弾を喰らいそうだ。

「砲術より艦長。敵機は右よりも左が多く、距離も近いです！」

射撃指揮所から、砲術長宮崎豊三郎少佐が報告を上げた。

「加賀」はこの四月、サイパン島沖海戦で損傷した飛行甲板や艦首の修理を終えて出渠したが、人事異動の時期でもあったため、各科の指揮官が入れ替わっている。

宮崎もその一人で、「加賀」の砲術長としては、今回が初陣だ。

岡田は新任の砲術長に対し、

「最も重要な役目は艦を無傷に保つことだ。自艦の所属機を収容できないというのは、空母の乗員にとって恥ずべきことだ。敵機を墜とすことも大事だが、艦を被弾させぬことを第一に考えて貰いたい」

と希望を伝えていた。

「取舵一杯！」

「とぉーりかぁーじ、いっぱぁーい！」

岡田は即断し、新任の航海長門田一治中佐に下令した。

門田は操舵室に指示を伝えたが、艦はすぐには艦首を振らない。敵の急降下爆撃機は、左前方と右前方両方から接近して来る。

「加賀」の正面から左前方に展開する第一〇戦隊旗艦「長良」と駆逐艦「萩風」「舞風」、左正横に位置する重巡「利根」が一二・七センチ高角砲を撃つ。

敵機の前方と左右で、続けざまに爆発が起こり、黒い爆煙が漂う。

一機が被弾したのか、黒煙を噴き出しながら高度を落とすが、他の機体は恐れることなく「加賀」に向かって来る。

砲声に混じり、敵機の爆音が聞こえ始める。

零戦、九七艦攻の「栄」一二型や九九艦爆の「金星」四四型よりも甲高く、金属的な音だ。

「敵機急降下。左二〇度、三〇（サンマル）（三〇〇〇メートル）！」

見張員が報告を上げたとき、舵が利き始め、「加賀」は左舷側に艦首を振り始めた。

僅かに遅れて高角砲の砲声が轟き、降下する敵機を目がけて、直径一二・七センチの砲弾を撃ち上げ始めた。

回頭しながらの砲撃では腰が定まらず、命中はほとんど望めない。撃墜よりも、敵の照準を狂わせ、直撃を防ぐことが狙いだ。

基準排水量三万八二〇〇トン、帝国海軍の空母の中では最も重い巨体が、左へ左へと艦首を振り、敵機の真下に艦首を突っ込ませてゆく。

「二六（フタロク）！　二四（フタヨン）！」

艦橋見張員が高角砲の砲声に負けじと、声を嗄らして敵機の高度を報告する。

敵機のダイブ・ブレーキ音は、ヴィンディケーターのそれとは異なる音だ。

先に空襲を受けた第二部隊より、「敵降爆ハ新型ト認ム」との報告があったが、米海軍の急降下爆撃機は、既に全機が新型に切り替わっているのかもしれない。

（流石は工業大国だ）

岡田は、腹の底で舌打ちした。

帝国海軍でも、零戦の生産と実戦配備を急いでいるものの、まだ艦戦全機を切り替えるには至っていない。正規空母の艦戦隊は零戦に機種改変されたが、小型空母の艦戦隊は九六艦戦のままだ。

いち早く新型機を配備した米国の工業力は、何とも忌々（いまいま）しく、かつ羨ましかった。

「二〇（フタマル）！」

の報告が上げられた直後、高角砲のそれとは異なる砲声が響いた。

羅式三七ミリ機銃が射撃を開始したのだ。

　修理と並行して増設が行われ、現在は左右両舷に八基ずつ、及び艦首、艦尾に設けられた機銃座に二基ずつ、合計二〇基が装備されている。

「撃墜！」の報告は、すぐには来ない。

　盟邦ドイツの高性能機銃も、回頭しながらの射撃では、命中精度は確保できないようだ。

「一六（ヒトロク）！」の報告が入った直後、頭上から炸裂音が届いた。

「敵一機撃墜！」の報告が、それに続いた。

　三七ミリ機銃がようやく威力を発揮し、敵の新型艦爆を墜としたのだ。

　二度目の炸裂音が続いて届く。この日二機目の戦果だ。

「その調子だ。どんどん墜とせ。一機も生かして帰すな！」

　岡田は、宮崎砲術長を督励（とくれい）した。

　三七ミリ機銃が三機目を墜とす。

　頭上から炸裂音が届くが、すぐに砲声にかき消される。

　敵機の高度が一〇〇〇メートルを切ったところで、新たな連射音が聞こえ始めた。

「加賀」を守る最後の武器――二五ミリ機銃が、射撃を開始したのだ。

　飛行甲板の縁から、無数の赤い曳痕が翔上がってゆく様は、艦橋からもはっきり見える。

　大中小三種類の対空火器を発射しながら、「加賀」は左へ左へと回頭を続ける。

　元は、「長門」「陸奥」を上回る強力な戦艦として建造が始まり、途中から空母に艦種変更された艦だ。その「加賀」が、空中に向かって咆哮する様は、戦艦の姿を取り戻したように感じられた。

　新たな「撃墜！」の報告が入る前に、敵機が引き起こしをかける。

　甲高いダイブ・ブレーキ音が爆音に変わり、「加賀」の後方へと抜けてゆく。

二機目が引き起こしをかけたとき、「加賀」の左舷側海面に敵弾が落下し、飛行甲板のみならず、艦橋をも超える水柱が伸び上がる。

二発目、三発目、四発目と、弾着が相次ぐ。

直撃弾は一発もない。敵弾は「加賀」の周囲に落下し、海水を空中に噴き上げるだけだ。

爆圧も、さほど感じない。敵弾は、「加賀」から大きく外れた位置に落下している。

「問題は第二波以降だ」

岡田は独りごちた。

敵の第一波は、降爆回避の常套(じょうとう)手段によってかわしたが、残りの敵機はてんでんばらばらの方向から突っ込んで来る。

その全てをかわしきれるかとなると、岡田にも確信は持てなかった。

「新たな降爆四、右一二〇度、二五(フタゴ)！」

見張員が報告を上げる。

右後方からの攻撃だ。面舵を命じる余裕はない。いちかばちか、左舷側への回頭を続けるのみだ。

心なしか、対空砲火が激しさを増したような気がする。

「加賀」を追いかけるようにして突っ込んで来る敵機に、猛射を浴びせているのだ。

「敵一機撃墜！」

見張員が報告を上げる。砲声や連射音の中で伝えるため、あらん限りの大声を出している。

残った三機の降爆が突っ込んで来た。

今度は第一波とは逆に、艦の後方から投弾し、前方へと離脱した。

艦首の三七ミリ機銃が、敵機の真下から一撃を浴びせる。

胴体下から三七ミリの大口径弾を浴びた敵機が、左主翼を付け根から叩き折られ、回転しながら海面へと突っ込む。

ほとんど同時に、敵弾が次々と落下する。

そそり立つ水柱は見えないが、敵弾が艦の後方に落下していることは分かる。

今度も、直撃弾はない。「加賀」は、第二波の回避にも成功したのだ。

「敵降爆二、右六〇度、二五！」

「敵降爆四、左四五度、三〇！」

喜ぶ間もなく、見張員が新たな報告を上げる。

今度は左右からの攻撃だ。

「本艦ばかり狙いやがって！」

「本艦は目立つからな。目の敵にされても、仕方があるまい」

罵声を放った門田航海長に、岡田は苦笑しながら言った。思いついて、一言付け加えた。

「本艦が敵機の攻撃を吸収することで、他の空母への支援にもなる」

「攻撃を引き受けることも任務のうち、ですか」

門田は小さく息をついた。

帝国海軍でも、最も大きな空母の航海長に任じられたことは光栄だが、因果な役割を引き受けたものだ、と思っている様子だった。

敵機が唸りを上げて突っ込んで来る。

「加賀」は対空火器を撃ちまくりながら回頭を続ける。

高角砲の砲声、機銃の連射音、敵機のダイブ・ブレーキ音が響き合わさり、巨大な音となって海面を揺るがす。

（かわせるか？　どうだ？）

岡田が自問したとき、艦の後部から、衝撃と炸裂音が伝わった。

「艦長より副長。後部に被弾。消火装置全開！」

岡田は、応急指揮官の副長川口政雄中佐に命じた。

喰らったか——という無念はあったが、岡田は先のサイパン島沖海戦で、既に被弾を経験している。

今やるべきなのは、艦の被害を最小限に食い止めることだ。

後部に被弾した「加賀」の頭上から、なおも敵機が降って来る。

四機が投弾し、一発が飛行甲板の中央に命中する。閃光が走り、張り巡らされた板材が飛び散り、飛行甲板に大穴が穿たれる。

被害は格納甲板にまで及んだらしく、黒煙が濛々と噴出している。

更に、四機が「加賀」に急降下をかけて来た。

「火災煙が煙幕代わりになるかな？」

そんなことを岡田は期待したが、新たな敵弾が一番昇降機と艦首の間に命中したとき、その希望も潰えた。

それ以上、新たな敵機の攻撃はない。

「加賀」は、急降下爆撃をある程度は凌いだが、最後までは凌ぎ切れなかったのだ。

「司令部に報告。『被弾三発。航行ニハ支障ナキモ発着艦不能。現在、消火作業中』」

岡田は、信号長の永尾守兵曹長に命じた。

「これではまるで、被害担任艦ですね」

門田が溜息交じりに言った。

門田は、「加賀」の航海長としては初の実戦だが、セイロン島沖海戦、サイパン島沖海戦のことは、前任者から引き継ぎを受けた時に聞いている。

セイロン島沖海戦では、損傷こそなかったものの、英軍のブリストル・ブレニムに狙われ、サイパン島沖海戦では、艦首に大きな損害を受けた。

今回の海戦も、飛行甲板を破壊され、戦線離脱を余儀なくされる。

帝国海軍の空母の中では、最も凶運を背負った艦ではないのか、と思ったようだ。

「沈みさえしなければ、何とでもなる」

岡田は、力を込めて言った。

「傷ついたら修理をして、前線に復帰すればよいのだ。どれほど傷つこうと、絶対に沈めやせん。俺が艦長を務めている限りはな」

5

第二次攻撃隊は一一時一五分に、一航艦司令部が「乙」と命名した敵艦隊を捕捉した。

一、二航戦の零戦と九九艦爆の他、三、四航戦の小型空母四隻から九七艦攻六機ずつが参加している。

零戦は三三機、九九艦爆は七一機が出撃予定だったが、零戦二機、九九艦爆三機がエンジン不調のため、出撃取りやめとなり、最終的な参加機数は零戦三一機、九九艦爆六八機、九七艦攻二四機となっていた。

「あれか」

「加賀」艦戦隊の第二小隊長結城学中尉は、海面を見て呟いた。

空母三隻を中心とした輪型陣が、攻撃隊の左前方に見える。中央の空母は、鏃(やじり)のような陣形を組んでいる。

火災を起こしている艦は見当たらない。

第一次攻撃隊との、目標の重複はなかったようだ。

攻撃隊総指揮官を務める「蒼龍」飛行隊長兼艦爆隊長江草隆繁(えぐさたかしげ)少佐が「突撃隊形作レ(トツレ)」を命じたのだろう、艦爆隊が各中隊毎に分かれ始めている。

三、四航戦から攻撃隊に参加した九七艦攻は、敵艦隊の左右に回り込みつつ高度を下げてゆく。

「敵機はどこだ？　グラマンは？」

結城は、周囲を見渡した。

サイパン島沖海戦で初見参したグラマンＦ４Ｆ〝ワイルドキャット〟に苦戦を強いられたことは、まだ記憶に新しい。一、二航戦の艦戦隊にとっては、零戦に機種転換しての再戦だ。

今度は、サイパン沖とは違う。速力、上昇性能共九六艦戦を上回ることに加え、二〇ミリの大口径機銃を両翼に装備しているのだ。

昨日、カビエン上空で戦った敵機と同様、叩きのめしてやる。

そう考えつつ、Ｆ４Ｆの姿を追い求めたが――。

「おかしい」

はっきり声に出して言った。

敵機が見当たらない。米艦隊が空襲を想定していなかったとも思えない。

必ず、どこかにいるはずだ。

上方と前後左右を見渡す。

陽光を背にしての奇襲を考え、太陽にも目を向けたが、敵機が降って来る様子はない。

（下か？）

その可能性を考え、下方に視線を向けたとき、火焔が躍る様が見えた。

結城は、声にならない叫びを上げた。

敵艦隊の右方で、空中戦が始まっている。

三、四航戦の艦攻隊が、敵機に襲われているのだ。

考えるより先に身体が動いた。

バンクして「加賀」隊の僚機に合図を送り、機首を前方に押し下げた。

（意表を突かれた）

そのことを、結城は悟っている。

母艦戦闘機隊が艦爆、艦攻の援護に当たるときは、自身と同じ所属の部隊を援護するのが通例だ。

艦長や飛行長からは、

「所属艦で分け隔てをせず、全ての艦爆、艦攻を守るよう心がけよ」

と命じられているが、戦場ではどうしても自艦の所属機が優先になる。

昨日のカビエン攻撃でも、「加賀」の艦戦隊は、同じ「加賀」の所属機に付き従い、「赤城」「蒼龍」「飛龍」の所属機には、積極的な援護を行おうとしなかった。

三、四航戦から攻撃に参加した艦攻隊には、同じ母艦から出撃した直衛機がいない。

敵は、そこを衝いて来た。

近くに艦戦隊がいないため、艦攻隊を好餌と見て襲いかかったのだ。

（すまぬ。今、行くぞ）

心中で詫びながら、結城は低高度へと突進した。

高峯の二番機、氷見の三番機が付き従う。昨日のカビエン攻撃では、空中戦の途中ではぐれたが、母艦に帰還したときに互いの無事を確認している。

艦攻隊は編隊形を保ち、旋回機銃で弾幕を張って、F４Fに対抗している。

七・七ミリ機銃も、数が揃えばかなりの威力になるが、F４Fには効果が乏しいようだ。

艦攻隊の最後尾にいる機体が、F４Fに銃撃を浴びせられて火を噴く。

燃料タンクをやられたのか、機体の過半を炎と黒煙に包まれ、海面に落下してゆく。

艦攻隊の前方から、すれ違いざまに一連射を浴びせるF４Fもある。

九七艦攻の自衛用火器は、電信員席の七・七ミリ機銃一丁だけであり、前部は無防備だ。正面から攻撃されたら、機体を振ってかわす以外にない。

艦攻一機は辛くも敵弾をかわしたが、もう一機は正面から銃撃を浴びる。

青白い曳痕が機体を押し包んだかと思うと、九七艦攻は火だるまに変わり、真っ逆さまに墜落する。

「それ以上やらせん！」

結城は怒声を放った。

艦攻隊の後方から銃撃を浴びせているF４Fに突進し、背後から一連射を叩き込んだ。

二〇ミリ弾の太い火箭が、狙い過たずF４Fの両翼に突き刺さる。F４Fの機銃が一瞬で沈黙し、左右の主翼が中央から折れ飛ぶ。

二振りの剛剣が、主翼を叩き切ったようだ。一瞬で揚力を失ったF４Fは、機首を大きく下げ、戦場空域から姿を消す。

F４F一機が反転するが、高峯機が銃撃を浴びせる。

二〇ミリ弾の一連射を喰らったF４Fは、機首から黒煙を噴き出し、機体を大きく傾けて墜落する。

新たなＦ４Ｆが二機、正面上方から向かって来た。

その両翼に発射炎が閃く寸前、第二小隊は左右に分かれた。

結城が左、高峯と氷見は右だ。

青白い曳痕の奔流が、直前まで零戦がいた空間を貫く。

大きく傾いた結城機は、左主翼の翼端を支点とした駒のように回転し、Ｆ４Ｆの背後に回り込む。垂直旋回のテクニックだ。

機体を水平に戻したとき、結城機はＦ４Ｆの背後を取っている。

もう一機のＦ４Ｆは高峯と氷見に任せ、結城はＦ４Ｆの後を追う。

Ｆ４Ｆが右旋回をかけ、結城も追随した。

「くたばれ！」

叫ぶと同時に、結城は発射把柄を握った。

ほとばしった二〇ミリ弾は、Ｆ４Ｆの右方へと流れた。敵機は右旋回から左旋回に切り替え、結城の射弾をかわしたのだ。

「逃がすか！」

結城も左旋回をかけ、Ｆ４Ｆに食い下がる。

機体を大きく倒し、敵機の内側に回り込む。

照準器の白い環が敵機を捉え、機影が膨れ上がる。

今度こそ――発射把柄に力を込めようとした瞬間、Ｆ４Ｆの姿が目の前から消えた。

急降下か、と思ったが、敵機は上方にいた。

緩横転（スローロール）のテクニックだ。ネジを回すように機体を回転させ、後方の敵機をやり過ごすのだ。

今度は、Ｆ４Ｆが結城機の背後を取っている。

結城は、今一度の垂直旋回をかけた。

機体を右に横転させ、体操選手のように回転させて、Ｆ４Ｆの背後を取ろうと試みる。

結城機が機体を水平に戻したときには、Ｆ４Ｆも垂直旋回に入っている。

「こいつは……！」

結城は舌を巻いた。

ずんぐりした外形に似合わず、素早い機体だ。

「山猫（ワイルドキャット）」の名は、伊達（だて）ではない。

格闘戦で零戦に勝てる連合軍の戦闘機はないと思っていたが、認識を改めねばならないようだ。

結城も垂直旋回をかける。

空や海が視界の中でめまぐるしく回転する。

機体を水平に戻したとき、Ｆ４Ｆは、前下方に位置している。垂直旋回に伴う機体の沈下は、零戦よりも大きかったようだ。

今度こそ――その思いを込め、発射把柄を握った。

両翼からほとばしった二〇ミリ弾は、Ｆ４Ｆの胴体後部を捉えた。真っ赤な火花と共に、破片が飛び散る様を、結城ははっきりと目撃した。

二〇ミリ弾がコクピットを襲い、搭乗員の頭を吹き飛ばしたと確信したが――。

「墜ちない⁉」

結城は、愕然として叫んだ。

Ｆ４Ｆは僅かにぐらついたものの、飛行を続けている。のみならず、右の急旋回をかけ、逆襲を狙っている。

（打たれ強い奴だ）

敵機の頑丈さに感嘆（かんたん）の思いを抱きながらも、結城の手足は零戦を操り、右旋回をかけている。

コクピットが駄目なら主翼かエンジンを狙うまでだ。主翼に二〇ミリ弾が通用することは、既に分かっている。

零戦とＦ４Ｆは、右へ右へと回り込む。米英では、戦闘機同士の格闘戦を「犬の喧嘩（ドッグファイト）」と呼ぶそうだが、二匹の蛇（へび）が互いの尻尾（しっぽ）をくわえ、呑み込み合っているようにも感じられる。

それでも、二度、三度と旋回するうちに、結城機がＦ４Ｆの背後に回り始めた。

Ｆ４Ｆは胴体上面を損傷したため、空気抵抗の増大により、速力、運動性能共に低下していたようだ。

結城が今一度発射把柄に力を込めたとき、Ｆ４Ｆが右に横転した。

二〇ミリ弾を放ったときには、Ｆ４Ｆは結城の眼前から消えていた。

敵機は、垂直降下に転じたのだ。

結城も機首を押し下げようとしたが、思いとどまった。

任務は、艦爆、艦攻の護衛だ。これ以上の深入りは危険だ。

高峯機、氷見機が接近して来る。

Ｆ４Ｆを仕留めたのかどうかは分からないが、結城同様、護衛の任務は果たしたようだ。

見て下さい、と言いたげに、高峯が海面すれすれの低空を指し、次いで上空を指した。

低空では、九七艦攻が敵艦隊の右方に展開し、上空では九九艦爆が対空砲火を衝いて、敵艦隊との距離を詰めている。

艦爆、艦攻が、攻撃に移ったのだ。

「全軍突撃セヨ」の命令電は、このとき既に攻撃隊総指揮官機から打電されていた。

一航戦は敵空母の二、三番艦を、二航戦は一番艦を、それぞれ相手取る。

三、四航戦の艦攻隊は、敵空母の二、三番艦が目標だ。

二航戦は、昨日のカビエン攻撃における損害が多い。「蒼龍」「飛龍」を合わせた出撃機は二三機と、艦爆全体の約三分の一だ。

総指揮官の江草隆繁少佐は、この二三機で一番艦を叩き、二、三番艦を、一航戦の艦爆と三、四航戦の艦攻で攻撃すると決めたのだ。

「こちらが先だな」

「飛龍」の艦爆隊を束ねる小林道雄大尉は、江草が直率する「蒼龍」艦爆隊と目標の敵空母を交互に見ながら呟いた。

「飛龍」隊の方が、「蒼龍」隊よりも目標に近い。突入と投弾は、「飛龍」隊、「蒼龍」隊の順になる。

「一番槍は武人の名誉だ。行くぞ！」

　一声叫んで気合いを入れ、小林は「飛龍」隊の先頭に立って突進した。

　小林が率いる艦爆は、自身の機体も含めて一一機。昨日のカビエン攻撃時より減少している。

　それでも、搭乗員の戦意は高い。

　相手は、母艦航空隊のライバルとも呼ぶべき敵の空母だ。

「全弾を命中させてやる」

　と、操縦員も偵察員も腕を撫でさすっていた。

　海面に多数の発射炎が閃く。

「飛龍」隊の前方を塞ぐように、多数の敵弾が炸裂し、黒雲を思わせる爆煙が行く手を塞ぐ。

　対空砲火が連続し、右から、あるいは左から爆風が押し寄せ、九九艦爆の機体を煽る。

　時折、弾片が命中したらしく、不気味な打撃音がコクピットに伝わる。

「隊長、二小隊長機被弾！」

「了解」

　偵察員席の小野義範飛行兵曹長が、味方の被害を報告し、小林はごく短く返答する。

　今は敵空母を叩くことのみが、小林の脳裏を占めている。部下の死を悼む余裕はない。

　敵空母への接近に従い、対空砲火は熾烈さを増す。前方で、左右で、敵弾は次々と炸裂し、九九艦爆は嵐に巻き込まれたように翻弄される。

　それでも「飛龍」隊は、編隊形を崩さない。

　小林機と、第二中隊長中川俊大尉の機体を先頭に、二組の斜め単横陣を組み、目標との距離を詰めてゆく。

　小林機の左主翼前縁が、敵空母に重なった。

　小林はエンジン・スロットルを絞ると共に、操縦桿を左に倒し、急降下に転じた。

　空と雲、敵弾の爆煙が視界の中で回転する。九九艦爆が機首を真下に向け、敵空母が正面に来る。

「二八（二八〇〇メートル）！　二六！　二四！」

風切り音がコクピットを満たす中、小野が高度計の数字を読み上げる。

小林は照準器を通じて、敵空母の姿を見据える。

サイパン沖で戦ったレキシントン級と同じく、まな板のような形状だ。

対空砲火の発射炎はない。

引きつけてから撃つつもりかもしれない。

空母からの対空砲火はないが、巡洋艦、駆逐艦の射弾は、周囲で炸裂する。

右、左、あるいは真下から爆風が押し寄せ、機体を強引に投弾コースから外そうとする。

小林は操縦桿を微妙に操作し、機体の姿勢を保つ。

敵艦が、回頭を開始した。

「飛龍」隊の真下に、潜り込んで来る格好だ。

小林は操縦桿を前方に押し込み、降下角を深めに取った。

降下角が六〇度から七五度になる。ほとんど垂直に降下する感覚だ。ともすれば身体が浮き上がり、目標が照準器から外れそうになる。

「大丈夫か、小野!?」

「大丈夫です。二〇(フタマル)！ 一八(ヒトハチ)！」

小野は気丈(きじょう)に答え、高度計の読み上げを続けた。

「そうだな。大丈夫だな」

口中で、小林は呟いた。

兵からの叩き上げで准士官の階級を得たベテランだ。小林にとっては、得(え)がたい相棒(あいぼう)だ。

その小野が、弱音(よわね)を吐くはずがない。

小林機は、なおも降下を続ける。

照準器の中で、敵空母の姿が膨れ上がる。

「こいつは……！」

敵空母の異様な姿に気づき、小林は小さく叫んだ。

「異様」というのは、正確さを欠くかもしれない。

この形式の空母は、帝国海軍には四隻ある。

平甲板型の小型空母だ。

だが、米軍にこのような空母があるとは聞いたことがない。

秘密裏に建造していたのか、あるいは軍縮条約の失効後に急遽(きゅうきょ)建造した艦か。

「一四(ヒトヨン)！」

小野の叫びが耳に入った。

ほとんど同時に、敵空母の飛行甲板の縁に多数の発射炎が閃き、おびただしい射弾が突き上がり始めた。

「かえって照準を付けやすくなったな」

自機が狙われているにも関わらず、小林は小さく笑った。

敵空母は、発射炎によって縁取られたようになっている。狙う方にとっては、格好の目標だ。

「一〇(ヒトマル)！」

小野が叫んだ。高度が一〇〇〇メートルを切った。

距離は、ほとんどない。艦橋のない、浮かぶまな板のような艦が眼前に迫る。

「〇六(マルロク)（六〇〇メートル）！」

「てっ！」

小野の報告と同時に、小林は爆弾の投下レバーを引いた。

投下器の動作音が足下から伝わった。

九九艦爆(ヴァル)の一番機が投下した爆弾は、軽空母「エルカネー」の左舷側海面に落下した。

炸裂音は、飛行甲板艦首直下に位置する艦橋に届いたが、爆圧が艦底部を突き上げるほどではない。

「ヴァル二番機投弾！　続いて三番機投弾！」

飛行甲板脇の機銃座から、艦橋に報告が届く。

離脱にかかったヴァルの爆音が頭上を通過し、艦の後方から炸裂音が届く。

敵弾は、右に回頭を続ける「エルカネー」を追いかける格好で落下している。

艦首付近に一発が着弾し、艦橋からはっきり視認できる位置に水柱を噴き上げる。

「ヴァル、一機撃墜！」

今度は朗報が届くものの、火を噴いて墜落するヴァルを、艦橋から見ることはできない。

艦の後方は死角になるのだ。

回避運動に際しては、飛行甲板の脇に設けた機銃座や後部見張員からの報告が頼りだった。

「よくもこれだけ扱いづらい空母を作ったものだ」

艦長リチャード・フランシス大佐は、そう思わずにいられない。

「エルカネー」は対日関係の悪化に伴い、開戦不可避と判断した合衆国海軍が、空母戦力の強化を求めて建造した戦時急造型の軽空母だ。

合衆国は、海軍拡張法に基づいて新型空母の建造を進めているが、一番艦の竣工は一九四二年の末であり、急場には間に合わない。

そこで、基準排水量一万トン程度の軽空母を複数建造し、新型空母竣工までの繋ぎとすることが決定されたのだ。

空母の性格上、高速性能が求められるため、ブルックリン級軽巡洋艦と同じ艦体、機関の上に、格納甲板、飛行甲板が装備された。

既存の軽巡をベースとしたため、短期間での建造を可能とした反面、復元性に問題があることが、設計段階で指摘された。

ブルックリン級は水線幅が狭いため、トップヘビーとなることが懸念されたのだ。

そこで復元性確保のため、水線下にバルジを増設すると共に、アイランド型の艦橋を設けず、日本海軍の「龍驤（リュウジョウ）」のような平甲板型の空母となった。

艦橋によって格納甲板が圧迫されたため、搭載機数は三〇機が上限となり、自衛用の火器も機銃のみとなったが、突貫（とっかん）工事で建造が進められた結果、今年三月までに三隻が竣工し、全艦が太平洋艦隊に配備された。

正規空母の半分しか搭載機を持たない軽空母であっても、現在の太平洋艦隊にとっては貴重な存在だ。

合衆国海軍は、サイパン島沖海戦で「レキシントン」「サラトガ」の二艦を失い、空母兵力では、日本海軍よりも劣勢に追い込まれたからだ。

ただし、運用する側にとっては厄介な艦だ。

艦橋の視界が制限されるため、操艦がやりにくい。海面に近いため、遠くを見渡すこともできない。

それでも戦力は戦力であり、フランシスには「エルカネー」を、第八任務部隊（TF8）の僚艦「ヨークタウン」、及び姉妹艦の「ザポテ・ブリッジ」に伍（ご）して運用することが求められていた。

ヴァルの急降下と投弾は、なお続いている。

「エルカネー」は、片舷に八丁ずつを装備する二八ミリ機銃、二〇ミリ機銃を撃ちまくりながら、右へ右へと回頭を続ける。

回頭しながらの射撃であるため、命中率は極めて低いが、ヴァルの投弾も命中しない。

サイパン沖で「レキシントン」の飛行甲板をずたずたにした爆弾は、全て海面に落下し、水柱を噴き上げるだけに留まっている。

最後の一機が投下した爆弾が、艦の後方に落下したとき、フランシスは思わず口笛を吹き鳴らした。航海長ルイス・ラウレル中佐と、右手の親指を立て合った。

一昨年一二月に日本が参戦して以来、イギリス、フランス、オランダの極東植民地やセイロン島沖、サイパン沖で猛威を振るってきたヴァルの急降下爆撃に、ことごとく空を切らせたのだ。

「エルカネー」は戦時急造型の軽空母だが、飛行甲板の面積が小さい分、命中確率は低い。艦体の小ささが、幸いしたのかもしれない。

「新たなヴァル一〇機以上。左四五度、高度一万（フィート。約三〇〇〇メートル）！」

「舵、速度ともこのまま！」

機銃座からの報告を受け、フランシスはラウレルに命じた。

急降下爆撃の回避には、敵機の真下に潜り込むのが有効だが、反対方向に舵を切り直しても、回頭が始まるまでには数十秒を要する。

ヴァルの降下速度を考えれば、このまま面舵を切り続けた方が得策だ。

機銃が一旦沈黙し、「エルカネー」は右舷側への回頭を続ける。

周囲を守る巡洋艦、駆逐艦が、一二・七センチ両用砲を撃ちまくるが、ヴァルは飛散する弾片の間をかいくぐって突進して来る。

直衛のF4Fは、昨年、フィリピンで初見参した「零式艦上戦闘機(タイプ・ゼロ・キャリア・ファイター)」――合衆国のコード名「ジーク」に引きつけられ、ヴァルを叩く余裕がない。

対空砲火と操艦による回避以外に道はない。

「ヴァル一番機、八〇〇〇(フィート)……七〇〇〇……六〇〇〇……」

機銃座が敵機の高度を伝えて来る。

「エルカネー」は海面を弧状に切り裂き、回頭を続ける。

頭上のダイブ・ブレーキ音が拡大して来る。

合衆国の新型急降下爆撃機ダグラスSBD〝ドーントレス〟とは、異なる音色(ねいろ)だ。

「三〇〇〇！」

の報告と同時に、機銃の連射音が聞こえ始めた。

二八ミリ機銃、二〇ミリ機銃による迎撃だ。

艦橋からは見えないが、無数の青白い曳痕が上空に殺到する様を、フランシスは思い描いた。

ヴァルのダイブ・ブレーキ音が拡大する。

「撃墜！」の報告はない。二八ミリ弾、二〇ミリ弾は、ことごとく空を切っている様子だ。

(今度は何発か喰らうな)

フランシスは不吉な予感を覚えた。

ヴァルは攻撃力が小さい。五〇〇ポンドクラスの爆弾一発を搭載できるだけだ。

それでも命中弾数によっては、爆弾だけで沈没に追い込まれかねない。

戦時急造型の軽空母は、防御力は正規空母より遥かに劣るのだ。

アメリカ海軍 エルカネー級軽空母「エルカネー」

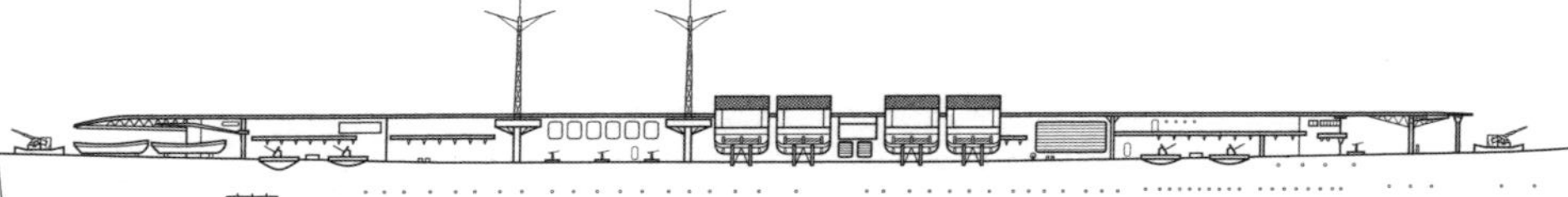

全長	185.4m
最大幅	20.1m
基準排水量	9,900トン
主機	ギヤードタービン 4基／4軸
出力	100,000馬力
速力	30.0ノット
兵装	28mm 4連装機銃 2基 28mm 連装機銃 8基 20mm 単装機銃 16丁
航空兵装	30機
乗員数	1,344名
同型艦	サン・フアン・ヒル ザポテ・ブリッジ、クイングァ、 サンチャゴ・ベイ

対日開戦間近と判断した米海軍が、空母戦力を増強すべく建造した軽空母。建造期間の短縮を図るため、ブルックリン級軽巡洋艦の艦体および機関を流用している。復元性を確保するため、水線下にバルジを装着したほか、島型艦橋を設けず、飛行甲板の下に羅針艦橋を置いている。格納甲板の艦首側を艦橋設備が占めたうえ、中央部を煙路が貫いているため、格納庫のスペースは限られたものにならざるを得ず、30機が上限とされる。

自衛用の火器として、艦首と艦尾に4連装28ミリ機銃を搭載したほか、左右両舷側に28ミリ連装機銃4基ずつ、20ミリ単装機銃を8丁ずつ装備している。

搭載機数も限られた小型空母ではあるが、サイパン島沖海戦で「レキシントン」「サラトガ」を失った米海軍においては、小型空母といえど貴重な戦力であり、その活躍が期待されている。

ダイブ・ブレーキ音が爆音に変わり、「エルカネー」の左舷後方から右舷前方へと抜けた。

敵機は左舷前方から突入を開始したが、艦の回頭に伴い、相対位置が変わったのだ。

二機目が、「エルカネー」の頭上を通過した直後、弾着が来る。

水柱は艦橋から直接見えないが、右舷付近に落下したようだ。

二発目、三発目、四発目が続けて落下する。うち一発は、艦の正面に落下した。

「エルカネー」は艦首からもろに水柱に突っ込み、束の間正面が見えなくなった。

大雨を思わせる音が艦橋に届く。崩れた海水が、飛行甲板を叩いているのだ。

敵弾の落下は、なおも続く。

至近弾の爆圧はあっても、直撃弾はない。ヨークタウン級よりも一回り小さい軽空母は、敵弾をぎりぎりのところでかわしている。

最後の一発が艦の後方に落下したとき、フランシスは「エルカネー」が生き延びたことを悟った。

二〇機以上のヴァルに攻撃されながら、一発の被弾も許さず、全弾を空振りに終わらせたのだ。

艦長自身が信じられないような幸運と言えた。

「『ヨークタウン』火災！」

不意に、機銃座から報告が飛び込んだ。

回頭に伴い、僚艦二隻の姿が視界に入って来た。

「ヨークタウン」は黒煙に覆われ、艦橋がほとんど見えない。煙の中には、炎と思われる橙色の光が躍っている。

火災の規模から見て、被害は格納甲板まで及んでいるようだ。何発の爆弾が命中したのか、見当もつかない。

「エルカネー」が被弾を免(まぬが)れた分、「ヨークタウン」が多数の直撃弾に見舞われたのでは、と思われるほどだ。

姉妹艦の「ザポテ・ブリッジ」には、被害はないようだった。

「フレッチャー提督は無事か⁉」

「不明です。『ヨークタウン』と通信が繋がりません。分かり次第、報告します」

フランシスの問いに、通信長ルーク・ディケンズ少佐が答えた。

「指揮官は生死不明。健在な空母は二隻、それも軽空母だけか」

フランシスは呻いた。

この一時間前、フィッチ少将のTF12より、被害状況報告が届いている。

正規空母の「エンタープライズ」「ワスプ」と「エルカネー」の姉妹艦「サン・ファン・ヒル」が、多数の魚雷を受け、三隻とも沈没を免れないとのことだ。

正規空母と軽空母各三隻を用意し、日本艦隊との対決に臨んだTF8、TF12だったが、正規空母全てと軽空母一隻を戦列から失ったのだ。

「直衛のF4F、及び攻撃隊の帰還機は、本艦と『ザポテ・ブリッジ』に降ろす」

フランシスは飛行長のモーリス・シャラー中佐を呼び出し、方針を告げた。

「格納甲板のスペースが、とても足りません」

「帰還した機体のうち、ドーントレスとデバステーターは海中に投棄しろ。F4Fのうち、損傷の大きな機体もだ。クルーだけを収容できればいい」

受話器の向こうで息を呑む音が聞こえた。

随分と思い切った決断だ、と言いたげだった。

「軽空母とはいえ、二隻が残ったのは、神の思し召しだ。クルーだけは全員を助ける。今日の復讐戦を果たすためには、彼らが絶対に必要だからな」

「確かに、現状では他に方法がないでしょうな」

シャラーは、納得したように返答した。

「分かりました。収容作業の指揮を執ります」

「頼む」

フランシスが受話器を置いたとき、ディケンズ通信長が報告を上げた。

「『ミネアポリス』より報告が届きました。フレッチャー提督は負傷され、指揮を執れる状態にはないため、ＴＦ８の指揮は第二巡洋艦戦隊（CD2）のトーマス・キンケード司令官が代行されます。フレッチャー提督以下のＴＦ８司令部幕僚は、駆逐艦『ロー』が収容したとのことです」

6

「戦果は空母四隻撃沈、巡洋艦一隻撃破であります。敵機の撃墜機数につきましては、まだ集計が完了しておりません」

源田実航空甲参謀が塚原二四三司令長官の前に立ち、顔を上気させて報告した。

時刻は一四時二〇分（現地時間一五時二〇分）。

この一〇分前に、第一部隊は攻撃隊全機の収容を完了した。

日本側は、敵の甲、乙両部隊に一度ずつの攻撃を敢行し、第一部隊、第二部隊が一回ずつ空襲を受けている。

双方が艦隊を二隊に分け、二面の航空戦となった戦闘が、ひとまず終息したのだ。

「そうか、よし」

塚原は、満足感を覚えた。

これまで基地航空作戦の経験はあったが、空母を中心とした艦隊を指揮し、敵の空母部隊と正面から渡り合ったのは、今回が初めてだ。

不安はあったが、第一、第二両航空戦隊の艦上機隊は、自分が考えていた以上に奮戦し、大きな戦果を上げてくれたのだ。

「損害は、『龍驤』『千代田』の沈没、『加賀』の損傷です」

源田は、こちらには感情を込めず、淡々（たんたん）とした調子で報告した。

「無傷とはいきませんでしたな」

大森仙太郎参謀長が渋い表情で言った。

「龍驤」も「千代田」も、搭載機数三十数機の小型空母だが、帝国海軍にとっては貴重な戦力だ。

「龍驤」は南方進攻作戦で、輸送船団の護衛や上陸時の支援等、地味ではあるが不可欠の任務をこなして来た歴戦の空母であり、「千代田」も正規空母を補完する戦力として、活躍が期待されていた。

戦果が上がったのは喜ばしいが、日本側も熱い返り血を浴びたのだ。

「空母を中心とした艦隊同士が正面から激突したのだ。被害が生じるのはやむを得まい」

塚原は言った。

喪失艦が正規空母ではなかったことは、不幸中の幸いだ、と腹の底で呟いた。

航空戦では、航空機の性能や搭乗員の技量も重要な要素だが、何より物を言うのは数だ。

九六艦戦が、非力とは言われながらも第一部隊の直衛任務を果たし、被害を「加賀」一隻の被弾に留めたのは、六三機という数に負うところが大きい。

正規空母は搭載機数が多く、航空戦では最も重要な存在なのだ。

「龍驤」「千代田」の乗員には気の毒だが、第一部隊の正規空母に喪失艦が出なかったことに、塚原は安堵していた。

「敵の空母は、二隻が残っています。これを叩かなくてよろしいですか？」

大石首席参謀が具申したとき、それに合わせたかのように、信号長の北山守兵曹長が報告した。

「『蒼龍』より信号。『第二航空戦隊司令部ヨリ意見具申。第三次攻撃ノ要有リト認ム。当隊、艦戦一二、艦攻二六出撃可能』」

「やる気満々だな、多聞丸は」

塚原は苦笑し、山口多聞二航戦司令官のあだ名を呼んだ。

第一部隊は、一二時三〇分に第一次攻撃隊の収容を完了している。

二航戦は、第二次攻撃隊の帰還を待つ間、帰還機に燃料、弾薬を補給し、第三次攻撃の準備を整えていたのだ。

「本艦も、一次の残存機に補給を完了しております。本艦と『加賀』の所属機を合わせ、艦戦一六機、艦攻三一機を出せます」

「赤城」艦長長谷川喜一大佐が具申した。

第一次攻撃隊が帰還したとき、「加賀」は既に飛行甲板を破壊されて着艦不能となっていたため、「赤城」「蒼龍」「飛龍」に分散して降りたのだ。

「一、二航戦を合わせ、艦戦二八機、艦攻五七機か」

塚原は、値踏み(ねぶ)みをするように呟いた。

それだけの機数があれば、空母二隻を叩ける。

敵は空母四隻を失っており、直衛機も少ない。

やるべきだ——そんな囁きが、聞こえたような気がした。

「お待ち下さい」

源田が、強い語調で言った。

「今から攻撃隊を出せば、帰還は日没後になります。帰路を見失って行方不明になる機体や、着艦時に事故を起こす機体が多数生じる危険があります。今回は鉾(ほこ)を収めるべきです」

「そうか……そうだったな」

塚原は、時計を見上げて言った。

大石や二航戦司令部の具申を受けたとき、肝心(かんじん)なことを見落としていたような気がしていたのだ。

気象班の報告によれば、日没は一七時四分（現地時間一八時四分）。

現在の時刻は、一四時半を回ったところだ。

今から攻撃隊を出した場合、日がある内に敵艦隊を捕捉できるとしても、帰還は夜になる。

陸上基地に降りるならまだしも、空母への夜間着艦は危険極まりない。

ここは源田の具申に従い、見送った方が賢明ではないか。

「敵空母二隻を逃せば、後日、我が軍にどのような損害をもたらすか分かりません。敵は叩けるときに叩くべきです」

長谷川が主張し、大石も勢いを得たように言った。

「現状のままでも我が方の勝ちは動きませんが、可能であれば戦果の拡大を目指すべきです。『龍驤』と『千代田』の仇討ちということもあります」

「そのために冒す危険が大き過ぎます。敵と戦って果てるならまだしも、日没後に機位を見失い、夜空を迷走した挙げ句の海没などという死に方を搭乗員に強いるべきではありません」

「『蒼龍』より信号。『我、第三次攻撃ノ準備完了』」

北山信号長が新たな報告を上げた。

「赤城」から攻撃隊の発進命令が来ないため、山口が業を煮やしたのかもしれない。

「参謀長は、いかが思われますか？」

沈黙している大森仙太郎参謀長に、大石が聞いた。

本来であれば、参謀たちのまとめ役として意見の調整を図らねばならない立場だが、大森は航空作戦については口を挟もうとしなかったのだ。

大森は、少し考えてから答えた。

「水上砲戦であれば、夜戦大いに結構、と答えるところだが、それは夜戦に熟達した乗組員がいてこその話だ。搭乗員が夜間飛行や夜間の着艦訓練を積んでいないのであれば、第三次攻撃には賛成できぬ」

「ですが――」

なおも言いつのろうとした大石を、大森は右手を挙げて制した。

「一航艦が受けている命令は、ビスマルク諸島の制空権奪取だ。カビエンと敵機動部隊は叩いたが、ラバウルは手つかずのまま残っている。第三次攻撃を強行して、戦力を消耗すれば、ラバウル攻撃の余裕がなくなるのではないか？」

「参謀長の言う通りだ」

よく言ってくれた――その意を込め、塚原は言った。

「作戦全体から見れば、敵機動部隊との戦闘は通過点に過ぎない。今はまだ、道半ばなのだ。ここで戦力を消耗すれば、明日以降に差し支える。敵空母二隻を残したのは残念だが、第三次攻撃は見送る」

長谷川と大石は、いかにも残念、と言いたげな表情を浮かべた。

だが、長官が決定した以上は致し方がないと思ったのだろう、それ以上異議を唱えることはなかった。

「全艦に命令。『第三次攻撃ハ実施セズ。各艦ハ明日ノ〈ラバウル〉攻撃ニ備ヘヨ』」

あらたまった口調で、塚原は命じた。

二航戦の山口も、長谷川や大石と同様の不満を持つだろうが、ラバウル攻撃がこの後に控えていることを報せてやれば納得するはずだ、と塚原は考えていた。

通信室に向かおうとした通信参謀小野寛次郎少佐を、塚原は呼び止めた。

「もう一つ、トラックの一一航艦にも打電してくれ。ラバウル攻撃は、基地航空隊と協同で実施する」

7

進撃を開始してから一時間余りが経過したところで、ニューブリテン島が視界に入って来た。

地図で見ると、鎌の刃のような形状の島だが、北方の空からは、緑に覆われた大地が右前方へと続いている様が見える。

事前情報によれば、九州とほぼ同じ面積を持つとのことだった。

誘導に当たる九七艦攻四機が、左に旋回した。

「赤城」「蒼龍」「飛龍」の三空母より発進した攻撃隊――五五機の零戦も、艦攻に従う。

艦戦と艦攻合計五九機の編隊が、島の北端付近に位置するラバウル――ビスマルク諸島における米軍の要衝へと向かってゆく。

「敵が上がって来る頃合いだが……」

結城学中尉は、周囲の空を見渡した。

攻撃隊は途中で、ニューアイルランド島の上空を通過している。

同地の敵飛行場は、一昨日の攻撃で使用不能に陥れたが、敵の地上部隊は残っているはずだ。

島の上空を通過した日本機の編隊を目撃すれば、必ずラバウルに通報する。

ラバウルの手前で迎撃を受けてもおかしくないが、今のところ、敵戦闘機は姿を見せなかった。

「母艦を傷つけてくれたお返しをしなきゃならんからな」

昨日、攻撃を終えて帰還したとき、結城らが最初に見たものは、黒煙を噴き上げる「加賀」の姿だ。

着艦できる状態ではないことは、一目で分かった。

「加賀」の所属機は、二航戦の「蒼龍」「飛龍」に降りたものもあったが、多くは一航戦の僚艦「赤城」に着艦していた。

「我が母艦は、どうも運が悪い」

と、結城は思っている。

「加賀」の被弾損傷は、今回で二度目だ。

サイパン沖では、被弾したダグラスTBD〝デバステーター〟が魚雷を抱いたまま艦首に体当たりし、前部の飛行甲板、格納甲板が大きな被害を受けた。

今度も敵降爆に攻撃を集中され、三発を喰らっている。

敵艦隊との戦いでは一航艦が勝利を収めたが、敵空母を一隻や二隻沈めたところで、母艦を傷つけられた怒りが消えるわけではない。

「加賀」艦戦隊で第二小隊を預かる身としては、一機でも多くの敵機を墜とすことが、母艦の復讐を果たす道だ。

ただ、ラバウルの市街地を前方に望む位置に到達しても、敵機が出現する様子はないが——。

(太陽を利用しての奇襲か?)

そう思い、結城は左上空に目をやった。

カビエン上空で戦った敵機は、運動性能では零戦より劣るものの、急降下性能が優れた機体だった。

あの性能を活かして、陽光の中から奇襲をかけられたら、かなりの被害が出る。

それを避けるには、敵機の早期発見が不可欠だ。

——だが、敵機の出現はない。

ラバウルは、不気味なまでに沈黙を保っている。

攻撃隊は、ニューブリテン島の上空には踏み込まなかった。

島の北東岸沖で、高度を三〇〇〇メートルに取り、所属する母艦毎に分かれて旋回待機に入る。

「出てこい」と挑発するような動きだが、敵機は依然姿を見せない。

あたかも、零戦との対決を避けているようだ。

(作戦を見抜かれたか?)

そんな疑問が湧いた。

ラバウル攻撃は、一航艦とトラックの第一一航空艦隊の協同作戦だ。

母艦戦闘機隊の零戦が先行して、敵戦闘機を掃討し、トラックの陸攻隊が敵飛行場を叩く。

一航艦の攻撃隊が、誘導用の艦攻を除き、零戦のみで編成されているのはそのためだ。

米軍は、その目論見を見抜いたのか。

だとすれば敵戦闘機は、一一航艦の陸攻隊が姿を現したときに出現するはずだ。

結城は、後方に高峯と氷見の零戦を従え、僚機と共に旋回待機を続けた。

三〇分余りが経過したところで、北の空に陸攻隊が姿を現した。

九六陸攻と一式陸攻の混成だ。

一式陸攻は、今後基地航空隊の主力となる機体だが、今年制式採用されたばかりで、まだ充分な数が揃っていない。当分の間は、九六陸攻と併用になる。

一航艦の艦戦隊は、陸攻隊の前方と左右に、張り付くように展開する。

結城が所属する「加賀」隊は、一式陸攻装備部隊の右上方だ。

結城は、ちらと陸攻を見やった。

胴体上面の機銃座に、射手の姿が見える。

表情をはっきりと見ることはできないが、神経を張り詰めさせ、周囲の空を見つめていることは想像できる。

新鋭機といえども戦闘機に襲われては、ひとたまりもないからだ。

攻撃隊は、ニューブリテン島の陸地上空に進入している。

対空砲火を予感したが、地上に発射炎が閃くことも、周囲に敵弾が炸裂することもない。

攻撃隊は何物にも遮られることなく、敵飛行場を指して進撃する。

「おかしい」

はっきり声に出して、結城は呟いた。

敵の反撃が全くない。

迎撃する意志が、全くないかのようだ。

敵は何かを企(たくら)んでいるのか。それとも、昨日の海戦に敗北したことで戦意を喪失し、ラバウルから撤退してしまったのか。

答が出ないまま、攻撃隊は敵飛行場に接近する。

「突撃隊形作レ」が打電されたのだろう、九六陸攻、一式陸攻が隊形を整えつつある。

嚮導(きょうどう)機を先頭にした、三角の陣形だ。

敵は、依然沈黙を保っている。

戦闘機の襲撃も、対空砲火も全くない。

嚮導機が投弾し、後続する陸攻も一斉に投弾した。

地上の数十箇所に爆炎が躍り、濛々たる黒煙が飛行場やラバウルの市街地を覆い始めた。

第五章　ソロモンに待つもの

1

トラック環礁は、要衝の姿を取り戻しつつあった。

春島、夏島、竹島等の飛行場には一式陸攻、九六陸攻が翼を休めている他、戦闘機の姿も見える。

半数以上は九六艦戦が占めているが、零戦も数を増やしつつある。

春島、夏島の水上機基地には、零式水上偵察機、零式観測機が係留され、環礁の水道付近では、駆潜艇や掃海艇が対潜哨戒に当たっている。

夏島の東側にある夏島錨地、松島錨地には、多数の駆逐艦や駆潜艇、掃海艇等の補助艦艇、給油艦、給糧艦等の支援艦艇が錨を降ろしている。

連合艦隊主力の進出こそないものの、今や開戦以前をも凌ぐ大規模な基地へと生まれ変わりつつあったのだ。

連合艦隊司令長官らを乗せた一式陸攻は、夏島の飛行場に滑り込んだ。

「長官、お待ちしておりました」

飛行場で待機していた第一一航空艦隊司令長官小沢治三郎中将、参謀長酒巻宗孝少将らが、直立不動の姿勢で敬礼し、一行を迎えた。

（仁王像みたいだ）

山本五十六連合艦隊司令長官に随行している日高俊雄航空参謀は、小沢を見て、そんな印象を抱いた。

小沢は、小柄な山本とは対照的な身体の持ち主だ。上背があり、肉体は引き締まっている。

「鬼瓦」のあだ名を持ついかつい顔は、トラックの強い日差しによく焼けている。

この顔で睨まれたら、いかなる悪霊も即座に退散するだろうと思われた。

「出迎えご苦労」

山本はニヤリと笑い、小沢に答礼を返した。

山本と小沢は、気心が知れていることに加え、航空主兵主義の信奉者という共通点を持つ。

連合艦隊司令長官としては、安心して基地航空部隊を委ねられる指揮官だ。

「いかがでしたか、空の旅は？」

「快適だったが、できれば一息で飛びたかったところだな」

山本は、傍らに控える日高をちらと見やり、小沢の問いに答えた。

山本が幕僚三名を伴ってトラックを訪れたのは、前線視察と作戦打ち合わせが目的だ。

そのために選ばれた一式陸攻は、内地からトラックまで無着陸で飛べるだけの航続性能を有しており、山本もトラックまで一気に飛ぶことを求めていた。

日高はそれに対し、

「空では、何が起きるか分かりません。長官の御身に万一のことがあれば、海軍だけではなく、日本にとっての損失です」

と主張し、サイパンでの燃料補給と機体の点検を主張したのだ。

山本は、それほどの重要人物だった。

一〇分後、山本と三人の幕僚は、飛行場に隣接している司令部の作戦室にいた。

一一航艦からは、小沢以下の主立った幕僚と、第二二、二三、二四航空戦隊の司令官が出席している。

他に、新たに編成された第八艦隊の参謀長沢田虎夫大佐が、司令長官の代理として出席していた。

「六月以降、米軍に大きな動きはありません」

一一航艦首席参謀の高橋千隼大佐が、会議の口火を切った。

「ラバウル、カビエンに向かう輸送船に対する潜水艦の襲撃は複数回記録されていますが、同地への大規模な航空攻撃や水上部隊による攻撃はないと報告されています」

「米軍は二度の海戦で、戦艦と空母の過半を失いました。しばらくは、大規模な作戦行動は起こせないと考えられます」

連合艦隊作戦参謀の三和義勇中佐が言った。

去る六月一五日に行われた、第一航空艦隊と米艦隊の戦い——大本営の公称「ビスマルク諸島沖海戦」では、敵空母四隻撃沈、巡洋艦一隻撃破の戦果が報告され、日本軍はビスマルク諸島周辺の制海権奪取に成功した。

翌六月一六日には、一航艦と一一航艦が協同してラバウルの敵飛行場を攻撃したが、このときは敵の迎撃がなく、一一航艦の陸攻隊は存分に爆弾の雨を降らせた。

ビスマルク諸島の攻略を担当する陸軍第一七軍は、カビエンには六月一九日に、ラバウルには六月二〇日にそれぞれ上陸したが、米軍、豪州軍の姿は全くなかった。

米豪軍の地上部隊は、海戦に敗北した時点でビスマルク諸島は持ちこたえられないと判断し、同地を放棄して撤退したのだ。

ビスマルク諸島の占領後、海軍は同方面の作戦を担当するため、新たに第八艦隊を編成した。

また、一一航艦を支援に当たらせる他、ラバウルの飛行場を整備して、一一航艦麾下の第二一航空戦隊を同地に送り込んだ。

トラック環礁に対する南方からの脅威は、ひとまず消滅したのだ。

以後、日本軍はラバウル、カビエンの飛行場を拡張すると共に、増援部隊を送り込み、同方面の防衛態勢を強化している。

米軍、豪州軍も、日本軍の動きに神経を尖らせているであろうが、これまでのところ、大規模な反撃はなかった。

「マーシャル方面はどうだ?」

山本が聞いた。

マーシャル諸島は、昨年一〇月以来、米軍の占領下に置かれたままだ。

同諸島は、開戦前から日本の委任統治領となっていたことに加え、中部太平洋における戦略上の要(かなめ)でもある。

特に、同諸島西端のエニウェトク環礁はトラックから五〇〇浬の距離にある。

B17が進出して来れば、トラックは再び「空の要塞」の脅威にさらされることになるのだ。

「ラバウル方面と同じです。目立った動きはありません」

高橋が答え、小沢が付け加えた。

「米軍は、やぶ蛇となることを恐れている可能性もあります。B17をエニウェトクに進出させれば、当然我が軍は全力で同地の奪回にかかります。戦艦、空母の過半を失った米軍には、エニウェトクを持ちこたえる力はありません。我が軍を必要以上に刺激してはならないと、彼らは考えているのかもしれません」

「B17進出の有無にかかわらず、マーシャルはすぐにでも奪回を図りたいところだが、我が軍も動ける状態ではないからな」

山本は、渋い表情で言った。

第一航空艦隊は現在、ビスマルク諸島沖海戦で消耗した機体と搭乗員の補充を受けている。

搭乗員の中には、配属されたばかりの新人も多数含まれているため、彼らを訓練し、技量を一定以上に引き上げる必要がある。

また、新型空母の「翔鶴（しょうかく）」「瑞鶴（ずいかく）」が間もなく戦列に加わるため、そちらにも艦上機と搭乗員を配属しなければならない。

それらを考え合わせると、一航艦を動かせるのは、早くて年末になるだろう、と山本は内地の事情を述べた。

「我が一一航艦とラバウルの八艦隊で戦線を支えなければならない、ということですね？」

「その通りだ」

小沢の問いに、山本は頷いた。

「GF司令部では、敵の出方について、どのように考えておられますか？」

酒巻の質問には、日高が机上に地図を広げながら答えた。

「ラバウルとカビエン、特に敵に近く、飛行場の規模も大きいラバウルを、南方から突き上げて来る可能性が高いと考えます」

指示棒の先で、ビスマルク諸島の南東に横たわるソロモン諸島をなぞった。

ブーゲンビル島、ニュージョージア島、チョイセル島といった島々の名前が読める。

「先ほど小沢長官が言われた通り、米軍がエニウェトクを足場にトラックを狙う可能性は乏しいでしょう。ですが、ビスマルク諸島の南東にはソロモン諸島があります。これらの島々を拠点に、ラバウルに航空攻撃を加えることは可能です」

「ソロモンの島々は、大部分が密林で覆われ、人跡も稀だ。飛行場の建設には適さないと考えるが」

酒巻の反論を受け、日高は言った。

「米軍の設営部隊は高度に機械化されており、短期間で密林を切り開いて平地にすることが可能です。B17のような大型機を運用できる飛行場となりますと、さしもの米軍も完成までにかなりの時日を要するでしょうが、単発の戦闘機や急降下爆撃機の離着陸が可能なものであれば、短期間で完成するでしょう」

「政治面からも、米軍が南から突き上げて来る可能性が考えられます」

連合艦隊政務参謀の藤井茂中佐が発言した。

「ラバウルを攻略したことで、我が軍は豪州を脅かすことが可能となりました。米国は、同国の防衛に責任を持たねばならない立場です。そのためには、我が軍のこれ以上の南下を食い止めるだけではなく、ラバウルの奪還を考えるはずです」

「警戒すべきはソロモン諸島だけではありません。ポート・モレスビーも、ラバウルを脅かせる位置にあります」

沢田虎夫第八艦隊参謀長が、指示棒の先で、ラバウルの南西——ニューギニア南東岸のポート・モレスビーを指した。

　ポート・モレスビーからラバウルまでは、約四〇〇浬だ。Ｂ17であれば、ラバウルを空襲圏に収められる。

「八艦隊参謀長の言う通りだ。ラバウルは、南東のソロモン、南西のポート・モレスビー、二方向から攻撃を受ける位置にある」

　山本が、殊更ゆっくりと言った。

　ラバウルは、トラックの安全を確保するためには不可欠の地だが、同時に二方面からの攻撃にさらされる、守り難い場所なのだ、と列席者に印象づけようとしているように見えた。

「米軍が反攻を開始する前に、ソロモン、モレスビーを我が方が押さえてしまう、という手も考えられますな」

　沢田がニヤリと笑った。

　米太平洋艦隊の主力が出て来られない現在、我が方の占領地を広げられるだけ広げてはどうか、と言いたげだった。

「積極果敢な闘志は大いに結構だが、占領地を拡大しても、維持できるとは限らぬ。また、ラバウル以遠に進攻するとなれば、大本営とも協議の上、改めて作戦計画を立てなくてはならぬ」

　山本の言葉に続けて、日高が言った。

「一一航艦に、要望があります。航空偵察によって、ソロモン、モレスビーの敵情を探ると共に、地上の航空偵察写真を撮り、飛行場の適地を探していただきたいのです。情報をいち早く入手できれば、先手を取れるかもしれません」

「心得た」

　小沢が大きく頷いた。

　任せておけ――そんな意を感じさせる、頼もしげな一言だった。

2

「月明かりは期待できそうにありませんな」

「うむ」

第七戦隊首席参謀鈴木正金中佐の一言に、司令官栗田健男少将は小さく頷いた。

昭和一六年八月一四日。

時刻は、二三時（現地時間八月一五日〇時）を過ぎたばかりだ。

第七戦隊の最上型軽巡四隻は、第八艦隊旗艦「鳥海」、第一八戦隊の軽巡「天龍」「龍田」、第二〇駆逐隊の吹雪型駆逐艦四隻と共に、ソロモン諸島北部に横たわるブーゲンビル島の南西岸沖を、南東に向かって進撃している。

旗艦「熊野」の艦橋から見えるのは、姿を見せてから間もない月とおぼろげに浮かび上がる島の稜線、隊列の先頭を進撃する「鳥海」の影だけだ。

この日の月齢は二〇。半月だ。

光量は、充分とは言い難い。

「熊野」艦長田中菊松大佐は、気象班から「本日の月齢は二〇です」と報告を受けた時点で、

「月はあてにならん。吊光弾に頼っての射撃になるが、状況次第では探照灯も使用する」

と、砲術長小林静夫中佐に伝えていた。

「索敵機の報告によれば、ブーゲンビルの敵は輸送船と駆逐艦だけです。八艦隊の戦力なら、圧倒できると考えますが……」

鈴木は、首を僅かに傾げながら言った。

索敵機の報告を、必ずしも信用していない様子だった。

「索敵機が発見したものが、敵の全戦力とは限りません。特に今の時期、僅かな駆逐艦を護衛に付けただけの輸送船団を、ブーゲンビルのような場所に送り込んで来るというのは無謀であると考えます」

田中が脇から言った。

階級は鈴木参謀より上だが、栗田にも聞かせるつもりで発言したため、丁寧な口調で話している。

「護衛が駆逐艦だけとは考え難い。未発見の、より強力な護衛が必ずいる。それが、艦長の言いたいことか？」

「おっしゃる通りです」

栗田の問いに、田中は頷いた。

「山本長官の懸念が当たったのかもしれぬな」

遠くを見るような表情で、栗田は呟いた。

八月一三日朝、第二一航空戦隊に所属する索敵機の一機が、ブーゲンビル島南端のモイラ岬付近に、多数の輸送船とその護衛艦艇を発見した。

ブーゲンビル島の南側には、ショートランド島、オバウ島、ピルメリ島等の島々から成るショートランド諸島が連なり、ブーゲンビル島との間に、内海を形成している。

前大戦前、ブーゲンビル島を領有していたドイツは、この内海を艦隊の泊地として使用する計画を立てていたとの情報がある。

米軍は、いち早くブーゲンビル島に目を付け、部隊を進出させたのだろう。

二一航戦は、ソロモン方面における敵情を探ると共に、飛行場の適地がある島を探していたが、米軍は、日本軍がソロモンに進出する前に先手を打ったのだ。

ブーゲンビル島の南端からラバウルまでは、直線距離にして約三〇〇浬。

四発重爆撃機のB17のみならず、双発の中型爆撃機でも、ラバウルへの攻撃が可能だ。

「敵は、南から突き上げて来るかもしれぬ」

という、山本連合艦隊司令長官の懸念が現実のものとなったのだ。

二一航戦司令部は、トラックの一一航艦司令部に、

「敵輸送船団見ユ。位置、『ブーゲンビル島モイラ岬』付近。敵ハ駆逐艦一〇、輸送船三〇。敵ハ『ブーゲンビル島』ニ上陸ノ可能性大。〇七二四」

と打電すると共に、指揮下にある鹿屋航空隊の一式陸攻二七機をブーゲンビル島に向かわせた。

陸攻隊は、敵戦闘機による迎撃を受けなかったものの、高高度からの水平爆撃を用いたためか、戦果は輸送船三隻の撃破に留まった。

このため、水上部隊による敵船団の撃滅が決定され、第八艦隊がブーゲンビルに向かったのだ。

第八艦隊は、指揮下に重巡一隻、軽巡八隻、駆逐艦一八隻を擁する他、潜水艦五隻、潜水母艦一隻、特設水上機母艦一隻、ラバウル、カビエンの防備を担当する第八根拠地隊等を持つが、ビスマルク諸島全域の警備を担当しているため、兵力は広範囲に分散している。

このため、第八艦隊司令長官清水光美中将は、ラバウル、カビエンに在泊していた「鳥海」と第七戦隊、第一八戦隊、第二〇駆逐隊のみで部隊を編成し、この日——八月一四日未明、ラバウルよりブーゲンビル島南端に向けて出撃したのだ。

旗艦「鳥海」は高雄型重巡の三番艦で、二〇・三センチ連装砲塔五基、六一センチ三連装魚雷発射管四基と、強力な打撃力を持つ。

第七戦隊の最上型は、一五・五センチ砲を主砲とする軽巡だが、装備数は三連装砲塔五基一五門と多く、水雷兵装も「鳥海」と同等だ。

これに、旧式ながら一四センチ砲四門を装備する軽巡二隻、六一センチ三連装魚雷発射管三基を装備する吹雪型駆逐艦四隻が加わる。

輸送船に随伴する一〇隻程度の駆逐艦など、「鳥海」と七戦隊の四隻だけで一掃できる。

問題は、敵の護衛が駆逐艦一〇隻だけとは限らないことだ。

未発見の敵艦、それも「鳥海」や最上型と同等の火力を持つ巡洋艦が、第八艦隊を待ち構えている可能性がある。

田中はラバウルを出港したときから、巡洋艦クラスの敵と渡り合う覚悟を決めていた。

「索敵機より受信。『敵輸送船多数見ユ。〈モイラ岬〉付近ニ接岸セリ。二三〇一(フタサンマルヒト)』。『鳥海』一号機の報告です」

二三時二七分、通信室に詰めている通信参謀加藤(かとう)実(みのる)大尉が報告を上げた。

旗艦「鳥海」は零式水偵二機、零観一機を搭載しており、うち一機が一時間前、艦隊に先行してブーゲンビル島の南岸上空に飛んだ。

その機体が、敵情を報告したのだ。

「敵も大胆ですな。ブーゲンビルとラバウルの距離を、知らないわけでもないでしょうに」

首を捻った鈴木に、田中は言った。

「米軍は、基地の設営能力に相当な自信があるのかもしれません。彼らは昨年、エニウェトク環礁を攻略した後、短期間で飛行場を完成させた例があります。ブーゲンビルでも、同様の手を用いる可能性はあります」

鈴木は呆(あき)れたような声を上げた。

「それではまるで、墨俣(すのまた)の一夜城(いちやじょう)ではありませんか。戦国時代ならともかく、近代戦でそのようなことが可能でしょうか？」

「米軍は可能だと確信しているからこそ、ブーゲンビルに上陸したのだと考えます」

「行ってみれば分かる」

栗田が言った。焦るな、と言いたげだった。

言葉を交わしている間にも、艦隊は前進を続けている。

米側に動きはない。

日本艦隊の接近を予期していないとは考え難いが、闇の中に発射炎が閃くことも、魚雷が襲って来ることもない。

海も、陸地も、静まりかえっている。

この島の南岸に、米軍が橋頭堡を築きつつあるとは、信じられないほどだった。

二三時四八分、前を行く「鳥海」の艦上に、信号灯の光が点滅した。

「艦隊針路九〇度。発動〇〇二〇」

「合戦準備。夜戦ニ備へ。砲雷同時戦用意」

　信号長の立川朝五郎兵曹長が、信号を読み取って報告する。

　第八艦隊は、ブーゲンビル島とショートランド島の間を抜け、モイラ岬沖の敵輸送船団を叩くのだ。

「航海、本艦針路九〇度。発動〇〇二〇」

「合戦準備。夜戦に備え。砲雷同時戦用意！」

　田中は、航海長小畑伸作中佐、砲術長小林静夫中佐、水雷長矢牧久平中佐に、続けざまに下令した。

「敵は、水道で待ち構えているかもしれません」

　砲術参謀の猪口力平少佐が注意を喚起した。

　泊地の入り口は隘路となっており、日本側は単縦陣で進入せざるを得ない。

　丁字を描くには格好の場所だ。

「駆逐艦が丁字を描いたところで、どうということはない。主砲で叩きのめすまでだ」

　鈴木が同意を求めるように、栗田の顔を見た。

　栗田は、何も言わない。むっつりと黙ったまま、前方を見つめている。

　第八艦隊大小一一隻の艦艇は、白波を蹴立てながら、進撃を続ける。

「変針まで五分」

　航海長付の岩城輝男一等水兵が報告した直後、

「『三隈』より信号。『艦影左一二〇度、六五（六五〇〇メートル）』！」

「後ろか！」

　栗田が両目を大きく見開き、叫び声を上げた。

　砲術参謀の予想とは逆になった。

　敵は、第八艦隊の通過を一旦やり過ごしたのだ。背後から仕掛けるつもりに違いない。

「旗艦より受信。『無線封止解除。全艦左一斉回頭。右砲雷戦』」

「七戦隊、左一斉回頭！」

「各艦、観測機発進！」

　加藤通信参謀の報告を受け、栗田が大音声で下令した。

　寡黙で、必要な指示以外はあまり話すことのない指揮官だが、その栗田が艦橋の中央で仁王立ちとなり、若い水兵にも負けぬほどの大声で命じていた。

「艦長より飛行長、観測機発進！」

「右砲雷戦！」

　田中は飛行長の鎌田英二大尉に命じ、次いで小林砲術長、矢牧水雷長に指示を送った。

「取舵一杯。針路三一五度！」

　小畑航海長が操舵室に下令するが、「熊野」はすぐには艦首を振らない。

　基準排水量一万二四〇〇トンの軽巡は、一八ノットの速力で直進を続けている。

　艦橋の後方から射出音が響き、次いで爆音が聞こえ始めた。

「熊野」が搭載する零式水偵と零観が、夜空に放たれたのだ。

　敵からの発砲は、まだない。

　日本艦隊が、自分たちの目論見に気づいていないと楽観しているのかもしれない。

（回れ、早く回れ。敵が発砲する前に）

　田中は「熊野」に呼びかけた。

　回頭中に砲撃を受けたら、不利は免れない。

　こちらは直進に戻るまで撃てないことに加え、速力が大幅に低下し、被弾確率が上がるためだ。

（撃つなよ、撃つなよ。まだ撃つなよ）

　田中が口中で呟いたとき、「熊野」の艦首が左に大きく振られた。

　後続艦が視界に入った直後、隊列の最後尾付近に黄白色の光源が出現した。

　右舷前方の海面に発射炎が閃き、ブーゲンビル島の稜線と共に、敵艦の艦影が浮かび上がった。

3

　敵弾は第二〇駆逐隊の頭上から、唸りを上げて殺到した。

各艦の右舷付近、あるいは左舷付近に、夜目にも白い水柱が噴き上がり、爆圧は基準排水量一八六〇トンの艦体を容赦なく突き上げた。

上空では、複数の光源が風に揺られて漂い、翻弄される駆逐艦を照らし出している。

敵の観測機が投下した吊光弾の光だ。

「二〇駆、右砲戦。砲撃始め！」

第二〇駆逐隊司令山田雄二大佐が下令し、四隻の駆逐艦が一隻当たり六門の一二・七センチ砲を発射する。

一斉回頭の結果、艦の並びが逆になったため、これまでは後方にいた三隻が、司令駆逐艦「朝霧」の艦橋から見えている。現在の並びは「狭霧」「天霧」「夕霧」「朝霧」の順だ。

発砲の瞬間、右舷側に向けて火焔がほとばしり、瞬間的に周囲を真昼に変える。

「一八戦隊、撃ち方始めました！」

後部見張員の報告に、砲声が重なる。

第一八戦隊の軽巡「天龍」「龍田」が、一隻当たり四基を装備する一四センチ単装砲の砲門を開いたのだ。

すぐには、直撃弾が出ない。

各艦が放つ一四センチ砲弾、一二・七センチ砲弾は、闇の中に消えるばかりだ。

「敵は巡洋艦四、駆逐艦二！」

見張長阿久津弘一等兵曹が報告した。

夜戦に備え、暗視視力を徹底的に鍛えた見張員の一人だ。その卓越した視力により、発射炎の中に瞬間的に浮かび上がる艦影から、敵の艦種を識別したのだ。

「通信、旗艦に打電。『敵ハ巡四、駆二』」

「朝霧」駆逐艦長荒井靖夫少佐が、通信長美浜拓郎中尉に命じる。

敵弾が次々と飛来し、「朝霧」も六門の一二・七センチ砲を振り立てて応戦しているため、ともすれば命令や復唱がかき消されそうだ。

「朝霧」の頭上を飛翔音が通過し、左舷前部至近に一発が落下する。

爆圧が艦首を突き上げ、「朝霧」の艦体は後方に仰け反る。

浸水の報告はないが、いつ艦底部を破られても不思議はない。巡洋艦の主砲弾には、そのようなことを予感させる凄みがある。

「朝霧」と「夕霧」の間に敵弾が落下し、奔騰する水柱が「夕霧」の姿を隠した。「夕霧」だけではない。しばし、三隻の駆逐艦全てが見えなくなった。

山田は轟沈を予感したが、水柱が崩れると同時に、「夕霧」は健在な姿を現した。

「旗艦や七戦隊は、何をやっている！」

山田は舌打ちしながら罵声を漏らした。

現在は、八艦隊の中で最も防御力の乏しい駆逐隊が、敵の攻撃を一手に引き受けている状態だ。

旗艦「鳥海」も、七戦隊の最上型軽巡も沈黙している。

巡洋艦の射撃指揮所は、敵艦を捕捉できないのか。あるいは、射撃諸元の計算に手間取っているのか。

敵弾はなおも二〇駆の頭上から飛来し、飛翔音が「朝霧」の頭上を圧する。

山田が両目を大きく見開いたとき、艦の左舷至近に複数の水柱が奔騰した。

艦が一瞬持ち上げられると共に、右舷側に仰け反った。山田や荒井らが、よろめくほどの衝撃だった。

直撃弾はないが、敵弾は「朝霧」から紙一重の場所に落下している。

（次は直撃を喰らう）

山田が直感したとき、右舷側の海面に、複数の光源が出現した。

決して強い光ではないが、六隻の敵艦とブーゲンビル島の稜線を闇の中に浮かび上がらせている。

味方機が、吊光弾を投下したのだ。

「朝霧」の後方から、「天龍」の一四センチ砲のものとは異なる砲声が、連続して轟いた。

後部見張員の歓喜の声が、それに続いた。

「七戦隊、『鳥海』、撃ち方始めました！」


第七戦隊の中で最初に砲門を開いたのは、一斉回頭によって先頭に立った「最上」だった。

発射炎によって、艦影が瞬間的に浮かび上がる様は、旗艦「熊野」からもはっきり見えた。

「最上」より僅かに遅れて、三番艦「三隈」、二番艦「鈴谷」が撃ち始める。

最後に「熊野」が、「撃ち方始め！」の号令一下、各砲塔の一番砲五門を撃つ。

発射の瞬間、右舷側に火焔がほとばしり、雷鳴のような砲声が轟く。

一五・五センチ砲は、口径だけを見れば駆逐艦の一二・七センチ砲より僅かに大きいだけだが、砲身長が六〇口径と長く、重量五五・九キロの砲弾を秒速九二〇メートルの初速で発射する。

最大射程は二万七四〇〇メートルに達し、装甲貫徹力も高い。

その一五・五センチ砲弾二〇発が時間差を置いて、敵巡洋艦に殺到する。

「熊野」の後方からも、砲声が届いた。

第八艦隊旗艦「鳥海」の二〇・三センチ砲——現在、この海面では、最大の破壊力を持つ主砲が火を噴いたのだ。

最初の射弾では、直撃弾は確認できない。

七戦隊が発射した二〇発の一五・五センチ砲弾、「鳥海」が放った五発の二〇センチ砲弾は、全て空振りに終わっている。

七戦隊各艦が第二射を放つ。

「最上」が各砲塔の二番砲を撃ち、「三隈」「鈴谷」「熊野」が続く。

右舷側の海面は瞬間的に、真昼のように明るくなり、一五・五センチ砲五門の砲声が、夜の大気を震わせる。

敵の艦上にも、新たな発射炎が閃き、艦影と島影を浮かび上がらせた。

「こちらに来ますな」

鈴木首席参謀が、覚悟を決めたように呟いた。

七戦隊と「鳥海」が砲撃を開始した今、敵も七戦隊の各艦や「鳥海」を新たな目標に定めたはずだ。

敵弾が、唸りを上げて殺到して来る。音は急速に拡大し、周囲の大気が鳴動する。

それが極大に達した直後、「熊野」の右舷側海面に、複数の水柱が奔騰した。

艦橋からは、四本を視認できる。

弾着位置は遠く、爆圧も感じられない。

「熊野」への射弾は、空振りに終わったのだ。

前を行く三隻の周囲にも、敵弾が落下している。

「最上」「三隈」への至近弾は確認できなかったが、「鈴谷」の右舷付近に水柱がそそり立つ様が、「熊野」の艦橋から認められた。

「こちらの砲撃はどうだ？」

田中は、右舷側に双眼鏡を向けた。

火災炎らしきものは認められない。

七戦隊も、「鳥海」も、空振りを二度繰り返したのだ。

第三射の発射炎が、前方に閃く。「熊野」も各砲塔の三番砲を発射する。

彼我の砲弾が夜空を飛翔し、各々の目標へと殺到する。

「熊野」の右舷側海面に複数の水柱が奔騰した直後、

「敵一番艦に火災！　敵四番艦にも火災を確認！」

見張長四谷剛一等兵曹の報告が飛び込んだ。

田中は、右舷側海面に双眼鏡を向けた。

ブーゲンビル島の手前二箇所に、赤く揺らめく光が見える。

敵艦の火災炎だ。隊列の先頭に位置する「最上」と最後尾に位置する「熊野」が、ほぼ同時に直撃弾を得たのだ。

「砲術より艦長。次より斉射！」

　小林静夫砲術長が報告する。

　命中弾を得たことに対する喜びは感じられない。感情を抑えた、冷静な声だ。

「了解！」

　とのみ、田中は返答した。

　隊列の前方に、一際強烈な閃光が走った。光の中に、最上型軽巡の艦影が瞬間的に浮かび上がった。

「最上」が一足先に、斉射を開始したのだ。

　二秒ほどの間を置いて、「熊野」の右舷側にも、発射炎がほとばしった。

　これまでの砲撃とは比べものにならない、強烈な閃光が走り、轟然たる砲声が艦橋を包んだ。

「熊野」の一五・五センチ主砲は、三連装五基一五門。それが一斉に火を噴いたときの衝撃は、艦が被弾したかと思うほどだった。

　入れ替わりに、敵の射弾が飛来する。

　ほとんどは「熊野」の頭上を飛び越え、左舷側海面に落下したが、後部から被弾の衝撃が伝わった。

「いかん、喰らった！」

　田中は、顔から血の気が引くのを感じた。

「熊野」も直撃弾を受けた。

　当たりどころが悪くない限り、二〇・三センチ砲弾一発で「熊野」が致命傷を受けることはないが、敵も弾着修正を終え、連続斉射の態勢を整えたのだ。

　次からは、多数の被弾を覚悟しなければならない。

　応急指揮官を務める副長御船伝蔵（みふねでんぞう）中佐から、被害状況報告が届くより早く、「最上」「熊野」の斉射弾が、前後して落下した。

　敵一番艦の艦上に複数の爆発光が閃き、赤い光が揺らめく。

　続いて、「熊野」が狙いを定めた敵四番艦の艦上にも、新たな爆炎が躍る。

　炎は赤々と燃えさかり、敵の艦影を、くっきりと浮かび上がらせる。

「よし！」

日本海軍 最上型軽巡洋艦「最上」

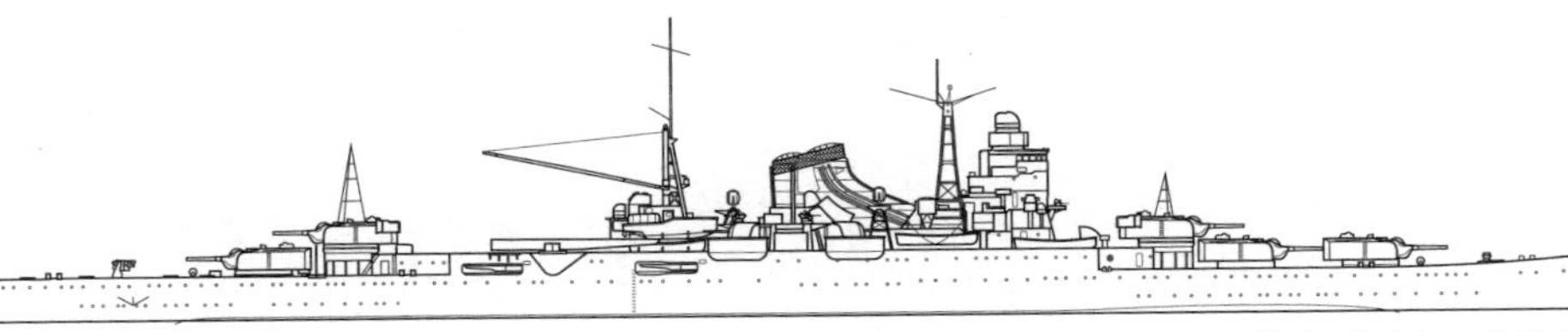

全長	200.6m
最大幅	20.7m
基準排水量	11,200トン
主機	蒸気タービン 4基／4軸
出力	152,000馬力
速力	34.7ノット
兵装	15.5cm 60口径 3連装砲 5基 15門
	12.7cm 40口径 連装高角砲 4基 8門
	25mm 連装機銃 4基
	13mm 連装機銃 2基
	61cm 3連装魚雷発射管 4基
航空兵装	水上機 3機／射出機 2基
乗員数	878名
同型艦	三隈、鈴谷、熊野

ロンドン海軍軍縮条約における重巡洋艦の保有トン数が高雄型の建造により上限となっていた我が国は、基準排水量１万トン以下、備砲口径15.5センチ以下の「軽巡洋艦」の枠内で新型巡洋艦を建造することとなった。

基準排水量8,400トンの艦体に、15.5センチ砲３連装５基に加え、水雷兵装、航空兵装を求める軍令部の要求を実現すべく、徹底した重量軽減策が図られ、電気溶接なども積極的に採り入れられた。

昭和10年７月に竣工したものの、直後に「第四艦隊事件」が発生。艦体各部の構造的欠陥を改修する必要が生じ、昭和13年5月に戦列に復帰した。

最上型軽巡洋艦は、軍縮条約失効後、主砲を20センチ砲に換装する予定だったと言われるが、今次大戦の推移を鑑みるに、長期の入渠を伴う主砲換装は現実的ではないと思われる。

田中が満足の声を上げたとき、新たな砲声が轟き、「熊野」の艦体が大きく震えた。

「最上」と「熊野」が、共に第二斉射を放ったのだ。

最上型軽巡の一五・五センチ砲が次発装塡に要する時間は一二秒。

斉射弾が目標を捉えた直後には、次の斉射を放てる計算だ。

「最上」の斉射弾が敵一番艦に、「熊野」の斉射弾が敵四番艦に、それぞれ飛翔する。

敵の艦上にも新たな発射炎が閃き、赤い火災炎が大きく揺らめく。

「副長より艦長。一番射出機に被弾。戦闘、航行に支障なし!」

御船副長から、被害状況報告が届いた。

「なんと際どい」

田中は、鈴木首席参謀と顔を見合わせた。

射出機を破壊されただけなら損害は軽微だが、射出機の前後には、六一センチ三連装発射管が装備され、九三式六一センチ魚雷が発射を待っている。

被弾箇所がもう少しずれていたら、魚雷が誘爆し、「熊野」は致命傷を受けていたところだ。

「艦長より水雷、発射管に異常はないか?」

田中は、矢牧久平水雷長に聞いた。

発射管そのものは無事でも、連管員が被弾の衝撃で斃れた可能性はある。魚雷は「熊野」の切り札とも呼ぶべき、重要な武器なのだ。

矢牧からの報告が届く前に、

「敵三番艦に火災!」

四谷見張長が状況を報告する。

ブーゲンビル島の手前三箇所に、火災炎の赤い揺らめきが見える。

「熊野」の前にいる「鈴谷」も、直撃弾を得たのだ。

第七戦隊は、敵巡洋艦部隊を圧倒しつつある。

田中は、ちらと栗田司令官を見やった。

栗田は艦橋の中央に立ち、黙って戦況を見つめている。

司令官の自分が指示を出すことはない。各艦の艦長が万事うまくやってくれる。

そう確信している様子だった。

田中が右舷側に視線を戻したとき、「熊野」の第二斉射弾が落下した。

敵四番艦の火災炎が、再び大きく揺らめいた。炎が一層大きくなり、明るさを増した。

命中弾数や命中箇所ははっきり分からないが、相当な被害を与えたことは確かだ。

「熊野」が三度目の斉射を放つ。

発射炎が一瞬、周囲を真昼に変え、発射の衝撃が全艦を震わせる。

入れ替わりに、敵弾が飛来する。

今度は全弾が「熊野」の右舷側に落下し、水柱を噴き上げるに留まる。

(敵は弱っている)

田中は、そう直感した。

「熊野」が被弾したのは、先の一発だけだ。

二発目、三発目の直撃弾が生じても不思議はない状況だが、敵四番艦の斉射は空振りに終わっている。

敵艦は相次ぐ被弾により、射撃精度の低下を来している可能性が高い。「熊野」は、俄然優位に立ったのだ。

火災を起こした敵艦は四隻に増えている。

「三隈」も直撃弾を得、第七戦隊全艦が連続斉射に移行したことになる。

敵四番艦の艦上で、火災炎が大きく揺らいだ。

爆発光は、炎によってかき消される形になり、確認できないが、「熊野」の第三斉射が新たな命中弾を得たのは確実だ。

「熊野」の一五・五センチ主砲が、更に吼え猛る。

「最上」も「三隈」も「鈴谷」も、一二秒置きに一五発ずつの射弾を放っている。

命中の度、敵巡洋艦の艦上に新たな爆発光が走り、あるいは火災炎が大きく揺らぐ。

旗艦「鳥海」も、「熊野」の後方で砲撃を続けているはずだが、田中の脳裏からは、「鳥海」のことは消え去っている。

今は、敵四番艦に止めを刺すことだけが、意識のほとんどを占めていた。

第四斉射、第五斉射、第六斉射と、「熊野」は砲撃を繰り返す。

発射のたび、鋼鉄製の艦体が大きく震え、一五発の一五・五センチ砲弾が飛翔する。

敵艦の火災は一層激しく燃えさかり、爆発光はほとんど視認できない。

「熊野」への砲撃は、いつの間にか止んでいる。

どの時点で、敵弾が飛んで来なくなったのかは判然としない。

田中が気づいたとき、敵弾の飛翔音は聞こえなくなっていたのだ。

それでも「熊野」は、砲撃を繰り返した。

一二秒置きに、一五門の主砲を撃ち続けた。

「『熊野』目標、三番艦！」

丁度一〇回の斉射を終えたところで、栗田が命じた。

敵三番艦は、まだ戦闘力を失っておらず、砲撃を続けている。

四番艦が脅威にならない以上、「鈴谷」の応援に回るのだ。

「目標、敵三番艦！」

「目標、敵三番艦。宜候」

田中の命令に、小林が復唱を返す。

「熊野」の主砲が左に旋回し、新目標に照準を合わせる。

ほどなく、新目標への第一射が放たれた。

弾着修正用の交互撃ち方ではなく斉射だ。

目標は既に火災を起こしており、格好の射撃目標があるため、弾着修正は必要ないと、小林が判断したのかもしれない。

――だが、新目標への斉射は、三回で終わった。

「七戦隊、撃ち方止め！」

栗田が下令し、一五・五センチ主砲の砲声は終息した。

右舷側に、敵艦六隻の火災炎が見える。

うち四隻は七戦隊が叩きのめした敵巡洋艦、二隻は駆逐艦だ。

二〇駆と「天龍」「龍田」が敵駆逐艦に砲火を集中し、沈黙に追い込んだのだった。

「旗艦より受信。『全艦、左一斉回頭』」

加藤実通信参謀が報告を上げた。

「鳥海」の第八艦隊司令部は、敵艦隊が戦闘力を喪失したと判断し、進撃を再開すると決定したのだ。

「七戦隊、左一斉回頭！」

「航海、取舵一杯。針路一三五度」

「取舵一杯。針路一三五度！」

栗田が下令し、田中が小畑伸作航海長に命じる。

「熊野」はしばし直進を続けた後、艦首を左に振る。

この直前まで後方にいた「鳥海」の姿が視界に入ったとき、新たな敵弾の飛翔音が聞こえた。

重巡の二〇・三センチ砲弾のものではない。遥かに巨大で、威力がある砲弾のそれだった。

「熊野」の前方に、巨大な白い海水の壁が出現し、「鳥海」の姿を隠した。

爆圧が「熊野」の艦首を突き上げ、艦が後方に仰け反ったように感じられた。

白い壁が崩れ、大量の海水が「熊野」の頭上からなだれ落ちる。

前甲板や主砲塔の天蓋（てんがい）、主砲の砲身を、滝のような音を立てて海水が叩く。

「鳥海」の前方に、閃光が走った。

四谷見張長が絶叫した。

「前方に戦艦。新式らしい！」

4

「熊野」の艦橋から見えた閃光は、アメリカ合衆国海軍第一四任務部隊（TF14）旗艦「ノースカロライナ」の発射炎だった。

　これより少し前、同艦の艦橋に観測機の報告が届いている。

「第一射、全弾遠。一番艦と二番艦の間に落下」

「測的をしくじったか」

　TF14司令官アイザック・C・キッド少将は舌打ちした。

　第一斉射の直前、観測機から、

「敵艦隊、左一斉回頭」

との報告が届いている。

　回頭中の敵艦は静止状態に近くなるため、砲撃側にとっては格好の射撃目標だ。

「斉射一度で轟沈させてやる」

　キッドはその意気込みで、敵一番艦を目標に斉射を命じたが、「ノースカロライナ」が初めて敵艦に放った射弾は海面を叩いただけに終わったのだ。

「第二射、撃て(ファイア)！」

「ノースカロライナ」艦長オラーフ・M・ハストヴェット大佐が、射撃指揮所に命じる。

「ノースカロライナ」が第二斉射を放つ。

　右舷側に巨大な火焔がほとばしり、基準排水量三万五〇〇〇トンの艦体が、僅かに左へと仰け反る。

　昼間であれば、右舷側の海面が爆風によって、大きくへこむ様が視認できたであろう。

「ノースカロライナ」が装備する四〇センチ主砲九門の斉射は、それほどの力を持っていた。

（この艦を戦場に出すのは早過ぎたかもしれぬ）

　キッドは、内心で呟いている。

「ノースカロライナ」は、ワシントン軍縮条約の失効後、合衆国が最初に建造した戦艦だ。

　四〇センチ三連装砲塔三基九門を装備し、一九四一年八月の時点では、合衆国海軍最強の火力を誇る。

　いや、「世界のビッグ・セブン」と呼ばれた四〇センチ砲搭載艦七隻のうち、合衆国海軍のコロラド級、イギリス海軍のネルソン級は既になく、日本の長門型(ナガト・タイプ)はドック入りして久(ひさ)しいことを考えれば、世界最強の戦艦と言っていい。

艦橋は、従来の籠マストや三脚檣ではなく、ニューヨークの摩天楼のような塔状のものが採用された。

艦橋トップにはCXAM対空レーダーを装備し、探知力を高めている。

新式機材を目一杯装備した艦なのだ。

問題は、竣工してから四ヶ月しか経過していないことだ。

戦艦、空母といった大型艦は、乗員の訓練に最低でも半年ほどをかけるのが通例だが、「ノースカロライナ」は、その三分の二の期間しか訓練に費やしていないのだ。

一八八〇名の乗員中、約三分の一をサイパン島沖海戦から生還した戦艦「オクラホマ」「ネヴァダ」からの転属で補ったが、彼らも新鋭戦艦の扱いに習熟しているとは言えない。

キッドも、ハストヴェット艦長も、

「本艦を前線に出すのは早過ぎます。訓練に、あと二ヶ月はかける必要があります」

と主張したが、ハズバンド・E・キンメル太平洋艦隊司令長官は、

「『ノースカロライナ』の前線投入は、作戦本部直々の命令なのだ。実際には、作戦本部より更に上の意志によるものらしい。充分な訓練を施した上で前線に出したい気持ちは私も同じだが、敵が待ってくれるわけではない。乗員の技量の未熟さは、指揮官の作戦展開で補って貰いたい」

と命じ、「ノースカロライナ」を含むTF14をソロモン諸島に送り込んだのだ。

「作戦本部より更に上の意志」の意味するところについては、キッドには知らされていないが、だいたいの想像はつく。

おそらく、アメリカ合衆国大統領フランクリン・デラノ・ルーズベルトの意志なのだ。

日本軍はビスマルク諸島を占領し、オーストラリ

アをうかがう動きを見せている。

　イギリスにオーストラリアを守る力はなく、逆にオーストラリアがイギリスのため、ヨーロッパに派兵しているのが現状だ。

　そのオーストラリアを守れるのは、地理的にも、国力の面でも、合衆国以外にない。

「竣工してから間もない最新鋭戦艦を派遣することで、オーストラリアを守り通すという合衆国の意志を、具体的な形で示したい」

　というのが、大統領の考えであろう。

　政治的な思惑(おもわく)による作戦など遠慮したいところだが、命令は命令であり、キッドは「ノースカロライナ」に将旗を掲げて、ブーゲンビル島の南岸沖に出撃したのだった。

　現在、戦闘は日本軍が優勢だ。

　ブーゲンビル島の島影を利用し、日本艦隊の後方から奇襲をかけようとした第一巡洋艦戦隊(CD1)のニューオーリンズ級重巡四隻、リヴァモア級駆逐艦二隻は、逆襲を喰らって壊滅状態となっている。

　日本艦隊の突入を阻止し、輸送船団を守り得るのは、「ノースカロライナ」と第三巡洋艦戦隊(CD3)の重巡「シカゴ」「ノーザンプトン」、リヴァモア級駆逐艦六隻だけだ。

　ただし、日本艦隊に戦艦はいない。

　乗員の技量に難がある状況下、新鋭戦艦の火力と防御力が頼りだ。

「第二射、全弾近。命中弾は確認できず」

　観測機から新たな報告が入る。

「ノースカロライナ」は、空振りを繰り返した。四〇センチ砲弾一八発を海中に捨てたのだ。

「引きつけてから撃ちますか？」

「駄目だ。雷撃を喰らう恐れがある」

　参謀長クリス・T・ハーディング大佐の問いに、キッドはかぶりを振った。

　日本軍は、駆逐艦だけではなく、巡洋艦も水雷兵装を持つ。雷撃を喰らえば、新鋭戦艦といえども危ない。

　極力、遠距離で敵を片付ける必要がある。

「ノースカロライナ」の右舷側に新たな火焔がほとばしり、鋼鉄製の巨体が震える。

　この日三度目の斉射だ。

「敵艦隊、九〇度に変針！」

　弾着よりも早く、観測機の報告が届く。

「まずいな。島の影に入られたら面倒だ」

　キッドは、敵の意図を悟った。

　日本艦隊は、先にCD1が行ったように、島影を利用して身を隠すつもりなのだ。

　水上目標を探知するレーダーは開発中であり、艦船への装備は来年以降になる。

「同航戦の態勢を取りましょう」

「よし、全艦右一斉回頭！」

　ハーディングの具申を受け、キッドは即断した。

「面舵一杯。針路九〇度」

「面舵一杯。針路九〇度！」

　ハストヴェット艦長の指示を、航海長ハリー・K・ジャスティン中佐が操舵室に伝える。

　その間に観測機が、第三射弾が全て外れたことを報告する。

　舵の利きを待つ間に、「ノースカロライナ」は第四斉射を放つ。

　九門の砲口から発射炎がほとばしった瞬間の光量は、目の前に太陽が出現したかと見まがうほどだ。鋼鉄製の艦体が激しく震え、発射の反動を艦橋にも伝える。

（今度も駄目か？）

　キッドが自問したとき、右舷側海面に閃光が走った。雷光を間近に見るほど、強烈な光だった。

　閃光は、次の瞬間火焔に変わり、八方に弾け散った。

「ノースカロライナ」の舵が利き、艦首を右に振り始めた直後に炸裂音が届いた。

　一万ヤード以上の距離を隔てていても、かなりの音量であることが分かる。海そのものが裂けたのではないか、と錯覚するほどの音だ。

「敵駆逐艦一隻轟沈」

観測機が戦果を報告する。

「ノースカロライナ」は、敵の巡洋艦を狙ったはずだが、たまたま駆逐艦に命中したようだ。

爆発の規模から見て、魚雷発射管か爆雷庫を直撃したのかもしれない。

四〇センチ砲弾は、駆逐艦程度の艦が相手であれば、瞬時に吹き飛ばすほどの破壊力を持つ。そこに、魚雷や爆雷の誘爆が加わったのだ。

敵駆逐艦は、原形を留めなかったであろう。

「ノースカロライナ」の回頭に伴い、海上の火災炎が正面から左舷側へと移動する。

「両舷前進全速！」

艦が直進に戻るや、ハストヴェットが機関室に命じ、機関の鼓動が高まる。

回頭によって低下した速力が上がり、「ノースカロライナ」の巨体は白波を蹴立てて、ショートランド泊地へと向かってゆく。

これまでは駆逐艦を前方に立て、その後方に重巡二隻、「ノースカロライナ」が続いていたが、今度は「ノースカロライナ」が先頭に立つのだ。

「射撃再開！」

「艦長より砲術。目標の選定は任せる。準備出来次第、砲撃開始！」

キッドの命令を受け、ハストヴェットが射撃指揮所に伝えた。

既に照準を終えていたのか、「ノースカロライナ」の主砲が、通算五回目の斉射を放った。

闇の向こうにも、多数の発射炎が閃いた。

5

米戦艦の五回目の斉射弾は、第八艦隊旗艦「鳥海」目がけて飛来した。

敵弾の飛翔音が、「鳥海」の頭上を右から左に通過したと思った直後、左舷側海面が大きく盛り上がり、複数の水柱が奔騰する様が観測された。

弾着位置は、さほど近くはない。最も近いものでも、三〇メートルは離れている。

それでも水中爆発の衝撃は、くぐもったような爆発音と共に、艦橋にまで伝わった。

「こちらの砲撃はどうだ？」

「直撃はないようです」

第八艦隊司令長官清水光美中将の問いに、参謀長沢田虎夫大佐が答えた。

「七戦隊の砲撃は？」

「命中、確認できません」

「了解した」

とのみ、清水は応えた。

「鳥海」が、敵戦艦への第二射を放つ。

各砲塔の二番砲から火焰がほとばしり、雷鳴さながらの砲声が伝わる。

発射の反動は、艦を僅かに左へと仰け反らせるほどだ。

米新鋭戦艦の四〇センチ砲に比べれば見劣り（みおと）するが、発射に伴う衝撃は、決して小さなものではない。

後方からも砲声が伝わる。

七戦隊各艦が一五・五センチ主砲を放ったのだ。

現在、敵戦艦に対しては「鳥海」「熊野」「鈴谷」が砲火を集中し、重巡二隻は「三隈」「最上」が、敵駆逐艦は「天龍」「龍田」と二〇駆が、それぞれ相手取っている。二〇駆は四隻編成だったが、「天霧」が直撃弾を受けて轟沈したため、現在は三隻だ。

数の上では優勢であっても、戦艦に対しては甚（はなは）だ分（ぶ）が悪い。

四〇センチ砲弾が一発でも直撃すれば、巡洋艦などは消し飛びかねない。

だが、日本側にも戦艦を斃せる武器はあった。

「一分経過」

長官付の倉重英吉（くらしげえいきち）水兵長が、経過時間を報告する。

　第八艦隊が敵艦隊と同航戦に入った直後、清水は全艦に「魚雷発射始め」を命じたのだ。

「鳥海」と第七戦隊の四隻は九三式六一センチ魚雷を各六本、「天龍」「龍田」は六年式五三・三センチ魚雷を各六本、二〇駆の三隻は九〇式六三センチ魚雷を各九本、合計六九本放っている。

　九三式の炸薬量は四八二キロ、雷速は四八ノットに達する。

　一本でも命中すれば、戦艦といえども大きな被害は免れない。

「鳥海」の水雷指揮所の報告では、九三式の命中まで約六分。

　その間、敵戦艦を牽制できればよいのだ。

　敵戦艦も、通算六回目の射弾を放っている。

　閃光が瞬間的に闇を吹き払う様は、稲光(いなびかり)を見ているかのようだ。

　若干の間を置いて、敵弾の飛翔音が聞こえ始める。

「鳥海」「熊野」「鈴谷」の砲弾が、先に落下した。

「弾着。命中なし！」

　射撃指揮所から、無念そうな報告が届く。

「長官、もう少し距離を詰めてはいかがでしょうか？」

「このままだ」

「鳥海」艦長渡辺清七(わたなべせいしち)大佐の具申に、清水は言下(げんか)に答えた。

　距離を詰めれば、砲弾の命中率は上がるが、被弾確率も高くなる。

　どのみち、重巡の二〇・三センチ砲弾、軽巡の一五・五センチ砲弾では、たいした損害は与えられないのだ。

　魚雷命中までの時間さえ稼げれば充分だった。

「鳥海」が変針後の第三射を放ち、「熊野」「鈴谷」が続く。

　発射の反動が収まったところで、倉重水兵長が「二分経過」と報告する。

　敵戦艦の射弾が、轟音と共に飛来した。

先の第五斉射同様、「鳥海」の頭上を飛び越え、左舷側海面に巨大な水柱がそそり立つ。

弾着位置は、第五斉射より近い。心なしか、「鳥海」の退路を断とうとしているようにも感じられる。

「逃げるつもりはない」

清水は、敵の指揮官に向かって呼びかけた。

退却するなら、戦艦の出現を確認した時点で、全艦に避退を命じている。

第八艦隊が敵に立ち向かっているのは、あくまで任務を果たすためだ。

砲火の応酬が、しばし繰り返される。

彼我共に、直撃弾は出ない。

敵戦艦の艦上に、命中弾の爆発光が観測されることはなく、敵戦艦の巨弾が「鳥海」を直撃することもない。

「三隈」「最上」と敵重巡の砲撃戦、一八戦隊、二○駆と敵駆逐艦の砲撃戦も同じだ。

大小の砲弾は夜の大気を震わせつつ、目標に向かって殺到するが、全て海面に突入し、水柱を噴き上げるだけに終わっている。

「鳥海」の艦橋では、倉重水兵長がストップウォッチを睨みながら、「三分経過」「四分経過」と報告する。

清水は報告を聞く度、「あと三分」「あと二分」と口中で呟く。

各艦が放った魚雷は、確実に敵艦隊との距離を詰めている。

「五分経過」

が報告されたとき、新たな敵弾の飛翔音が迫った。

心なしか、これまでとは音色が異なるように感じられた。

(当たる……?)

清水がそのことを予感したとき、「鳥海」はこれまでにない衝撃に見舞われた。

艦橋の右舷至近、手が届きそうな場所に、巨大な海水の柱が奔騰している。

右舷艦底部を突き上げる爆圧に、艦は左に大きく傾斜し、次いで右に揺り戻される。

基準排水量一万一三五〇トンの重巡が、嵐に翻弄される小舟と化したかのようだ。

敵弾は、直撃したわけではない。

あくまで、至近距離に落下しただけだ。

それでも、弾着直前の衝撃波と水中から突き上げる爆圧は、「鳥海」を横転させかねないほどの威力を持っていた。

「機関長より艦長。一番缶室に浸水！」

「防水急げ！」

機関長新井高徳中佐より報告が届き、渡辺艦長が即座に命じる。

その間にも、「鳥海」は敵戦艦目がけ、新たな射弾を放っている。

「五分三〇秒経過」

砲撃の余韻が収まったところで、倉重が報告する。

「あと三〇秒か」

清水は、敵戦艦を見据えて呟いた。

魚雷が命中しさえすれば、「鳥海」は危機から脱する。

それまで直撃しないでくれ。このまま持ちこたえてくれ、と祈った。

敵戦艦の艦上に、新たな発射炎が閃いた。

この直前、「鳥海」はほとんど直撃に近い位置に至近弾を受けている。今度は、命中する可能性大だ。

(当たるな、当たってくれるな)

急速に拡大する飛翔音を聞きながら、清水は祈った。

飛翔音が消えると同時に、「鳥海」は再び衝撃に見舞われた。

直撃弾の衝撃ではないが、水柱は艦橋から視認できない。敵弾は、後部付近に落下したようだ。

「左舷後部、第四砲塔付近に至近弾！」

「艦長より砲術、第四砲塔に異常はないか？」

後部指揮所からの報告を受け、渡辺が射撃指揮所に聞いた。

直撃はしなくとも、至近弾落下の衝撃で砲員が斃れた可能性を考えたのだ。

「軽傷者が出た模様ですが、戦闘に支障ありません！」

砲術長藤川治中佐が返答した直後、

「じかーんっ！」

倉重が叫んだ。それまでの落ち着いた声とは打って変わった、興奮した声だった。

清水は敵戦艦を見つめた。

五秒、一〇秒と時間が経過する。

敵戦艦の舷側に奔騰する水柱や「命中！」の報告を期待するが、何も起こらない。

「駄目か……！」

清水は、思わず呻いた。

「鳥海」と七戦隊が放った三〇本の魚雷はことごとく外れた。

強力無比の酸素魚雷といえども、当たらねばどうにもならない。

軽巡、駆逐艦の魚雷は、なお航走中だが——。

（どうする？　今一度、雷撃をかけるか？）

清水が自問したとき、

「機関長より艦長。四番推進軸に異常発生。動力伝達を切ります！」

新井機関長から報告が届いた。

その報告が終わらないうちに、敵戦艦の艦上に新たな発射炎が閃いた。

「ノースカロライナ」が放った斉射弾は、目標の前方に落下した。

弾着の確認直後、

「敵一番艦、速力低下。現在の速力二四ノット」

との報告が、射撃指揮所より上げられた。

「しめた」

アイザック・C・キッド司令官は口元を緩めた。

度重なる至近弾が、目標の動力系統を損傷させたようだ。速力が低下すれば、命中確率は高くなる。

「艦長より砲術。測的を慎重にやれ」

オラーフ・M・ハストヴェット艦長が、砲術長ジョニー・L・レイマー中佐に指示を送る。

通算一七回目の斉射だ。何度も空振りを繰り返したが、今度は逃がさぬ——その意志を感じさせた。

「ノースカロライナ」の主砲が新たな発射炎をほとばしらせるより早く、後方から赤い光が差し込み、前甲板の縁を照らし出した。

「何だ……?」

キッドが漏らした呟きに、巨大な炸裂音が重なった。

「ノースカロライナ」の斉射の砲声であっても、かき消してしまいそうなほどの音量だ。

ただの爆発ではない。軍艦にとって、最悪の事態——主砲の弾火薬庫や発射管内の魚雷が誘爆を起こしたときの炸裂音だ。

「後部指揮所より艦橋。『シカゴ』『ノーザンプトン』被雷！」

「被雷だと⁉」

キッドは、半ば反射的に問い返した。

日本艦隊との距離は、九〇〇〇ヤードと報告されている。彼らは、それほどの遠距離から魚雷を発射したのか。

「司令官、回避を！」

「……必要ない」

顔色を変えて具申したクリス・ハーディング参謀長に、キッドはかぶりを振った。

敵が発射した魚雷は、既にTF14の右舷側に抜けたと推測される。

「ノースカロライナ」が被雷する危険は、当面はなくなったのだ。

「砲術より艦長。射撃開始します」

レイマー砲術長が報告した。

一拍置いて、「ノースカロライナ」が通算一七度

アメリカ海軍 ノースカロライナ級戦艦「ノースカロライナ」

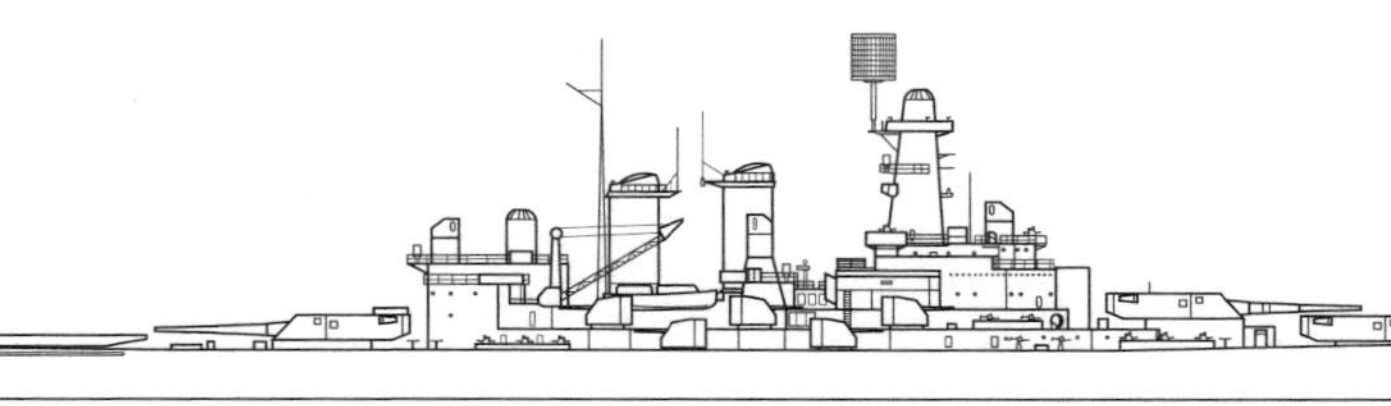

全長	222.1m
最大幅	33.0m
基準排水量	35,000トン
主機	ギヤードタービン 4基／4軸
出力	121,000馬力
速力	27.0ノット
兵装	40cm 45口径 3連装砲 3基 9門
	12.7cm 連装両用砲 10基 20門
	28mm 4連装機銃 4基
	12.7mm 単装機銃 12丁
航空兵装	水上機 3機／射出機 2基
乗員数	1,880名
同型艦	ワシントン

ワシントン海軍軍縮条約の失効後、最初に建造された新型戦艦。新型機関の開発により、機関出力は前級のコロラド級に比べ４倍増となっている。これにより最大速力は27ノットとなり、今次大戦前の巡洋戦艦に匹敵する快速力を得た。

本艦は、当初35.6センチ砲搭載艦として設計されていたが、日本の新型戦艦が40センチ砲搭載艦であると判明、建造途中で40センチ砲を９門搭載するよう変更された。このため、防御装甲は対35.6センチ砲のままであり、防御力には若干の不安を残すとされる。

艦体中央部には、新開発の12.7センチ両用砲が設置された。これは最大射程15,900メートル、毎分15発の発射速度を誇り、対空のみならず水上目標にも大きな威力を発揮する。

また、塔型艦橋のトップには、CXAM対空レーダーを装備。さまざまな新機軸を採用した、新世代の戦艦である。

目の射弾を放った。

左舷側に火焔が湧き出し、強烈な砲声が、しばし他の全ての音をかき消す。

四〇センチ主砲九門を放った反動で、基準排水量三万五〇〇〇トンの巨体が、僅かに右舷側へと仰け反る。

これが、敵一番艦——高雄型(タカオ・タイプ)と思われる重巡を一撃で粉砕するであろうことを、キッドは疑っていなかった。

斉射の余韻が収まったとき、それを待っていたかのように、新たな報告が飛び込んだ。

「左舷中央に被弾！　二番両用砲損傷！」

「被弾だと？」

「敵二番艦の砲撃です！」

驚きの声を上げたキッドに、砲術参謀のトーマス・ウェストン中佐が報告した。

「ノースカロライナ」同様、日本軍の巡洋艦もなかなか命中弾を得ることはなく、空振りを繰り返したが、ここに至り、敵の射弾も「ノースカロライナ」に命中し始めたのだ。

「目標を——」

キッドが命じようとしたとき、新たな炸裂音と被弾の衝撃が届いた。

今度も、艦橋の後方からだ。

「左舷甲板損傷！」

レイマー砲術長が報告したとき、先の「ノースカロライナ」の射弾が目標を捉えた。

左舷側海面に爆発光が閃き、タカオ・タイプのシルエットが海上に浮かび上がった。

大爆発ではないが、火災が発生したらしく、海上に赤い光が揺らめいている。

「ノースカロライナ」は、ようやく直撃弾を得たのだ。

キッドにも、ハストヴェットにも、それを喜んでいる余裕はない。

敵弾は、次々と「ノースカロライナ」に命中し始めている。

軽巡の一五・五センチ砲弾のようだ。

弾着の間隔は極めて短い。二秒から三秒置きに、数発の砲弾が唸りを上げて飛来し、「ノースカロライナ」に命中する。

おそらく、二隻乃至三隻が「ノースカロライナ」に砲撃を集中しているのだ。

一発当たりの破壊力はさほどでもない。主砲塔の正面防楯や、艦中央部への命中弾は、余裕を持って撥ね返している。

だが上部への命中弾は、兵装や甲板を破壊する。

「目標を敵二番艦に変更。急げ！」

危険を悟り、キッドは叫んだ。

「ノースカロライナ」の上部には、「被弾に弱い重要部位」が存在する。

光学測距儀や通信用アンテナは、軍艦に欠かせぬ装備だが、その性格上、装甲はできない。

これらが被弾、損傷すれば、「ノースカロライナ」は砲撃に不可欠の「目」や、僚艦とやりとりするための「耳」「声」を失う。

そうなる前に、最上型を叩きのめさなくてはならない。

「目標、敵二番艦。射撃開始します！」

レイマーが報告するや、「ノースカロライナ」の四〇センチ主砲九門から火焔がほとばしり、砲声が轟き渡った。

新目標に対する最初の斉射だ。

既に何発もの一五・五センチ砲弾を受けているが、艦の戦闘力は全く衰えていない。

九門の主砲は一門も欠けることなく、力強い咆哮を上げている。

弾着を待つ間にも、モガミ・タイプの一五・五センチ砲弾は、次から次へと飛来する。

艦中央部の舷側や主砲塔の正面防楯への命中弾は、異音と共に弾き返すが、上部構造物への命中弾は、甲板の板材を引きちぎり、兵装を破壊する。

艦首に閃光が走ったかと思うと、左舷側の揚錨機が吹き飛ばされ、錨が海面に落下する。

後部への直撃弾は、すぐには被害状況が分からない。ダメージ・コントロール・チームも把握し切れないようだ。

それでも遅ればせながら、

「二番射出機損傷！」

「四番機銃損傷！」

「艦尾甲板損傷！」

といった報告が、戦闘艦橋に上げられる。

その艦橋にも、一度ならず敵弾が命中し、異様な音響が内部に響く。

敵弾命中の合間を縫うようにして、

「第一射、全弾遠！」

との報告が届く。

十数秒後、「ノースカロライナ」の主砲が新たな咆哮を上げる。

前甲板から、黒い塵のようなものが大量に巻き上げられる様が見て取れる。被弾によってむしり取られた甲板の板材が、爆風に吹き飛ばされたのだ。

弾着を待つ間にも、敵弾は次々と命中する。

多数の敵弾を受けた左舷側甲板では火災が起きているらしく、赤々と揺らめく光が見える。

火災炎が格好の射撃目標となっているのか、敵弾は更に勢いを増したかのように飛来し、「ノースカロライナ」の上部構造物や甲板を、一寸刻みに食いちぎってゆく。

「第二射、全弾近！」

の報告が届き、九門の主砲が新たな射弾を放つ。

敵弾命中の炸裂音や上部構造物の破壊音を、四〇センチ主砲斉射の咆哮がかき消す。

砲声を聞く限りでは、「ノースカロライナ」の主砲が、モガミ・タイプの一五・五センチ主砲を圧倒しているように感じられる。

だが、確実に目標を捉え、損傷させているのは、モガミ・タイプだ。

「ノースカロライナ」の四〇センチ主砲は、一撃でモガミ・タイプを叩き潰せる力を持つが、命中しなければどうにもならない。

「狼の群れと戦っているようだ」

キッドの口から呻き声が漏れた。

「ノースカロライナ」を、北アメリカ大陸最大の猛獣である灰色熊とすれば、モガミ・タイプは狼の群れだ。

グリズリーの豪腕は、一発で狼の背骨を叩き折り、あるいは頭蓋骨を粉砕して、死に至らしめる力を持つが、狼の動きは俊敏であり、グリズリーには容易に捉えられない。

逆に狼の鋭い牙は、グリズリーの四肢や肩、脇腹、首といった部位を確実に傷つけ、体力を奪ってゆく。

「第三射、全弾遠！」

第三斉射が空振りに終わったことを知らされた直後、これまでにない衝撃が艦橋を襲った。

炸裂音は頭上から届き、艦橋全体が激しく震える。

「もしや……！」

「射撃指揮所、応答なし。直撃を受けた模様。射撃管制を、予備射撃指揮所に切り替えます！」

キッドが不吉な予感を覚えたとき、ハストヴェットが顔色を青ざめさせて報告した。

たった今の衝撃は、射撃指揮所への直撃弾によるものだったのだ。

光学測距儀は破壊され、レイマー砲術長もおそらく戦死した。

「ノースカロライナ」は、砲撃に必要な目を奪われたのだ。

ハストヴェットは射撃管制を後部の予備射撃指揮所に切り替えると伝えたが、こちらは射撃指揮所に比べ、精度が落ちる。

（合衆国の最新鋭戦艦が巡洋艦に負ける？）

キッドは、背筋に冷たいものを感じた。

恐怖を感じはしたが、それは死に対するものではない。合衆国海軍の名誉に泥を塗ることを、キッドは恐れている。

　同じ戦艦に敗北するなら、諦めもつく。仮にその相手が、長門型や伊勢型のような旧式艦であったとしても。

　だが巡洋艦、それも一五・五センチ砲装備の軽巡ごときに敗れたとあっては、合衆国海軍の威信は地に落ちる。

　射撃管制を切り替えている間にも、敵弾は間断なく飛来する。

　艦橋の前方から、あるいは後方から、炸裂音が届き、艦はなぶりものにされるように破壊されてゆく。

「予備射撃指揮所、応答ありません。砲塔別各個照準にて砲撃を継続します！」

　ハストヴェットが報告した。

　どうやら予備射撃指揮所は、射撃指揮所よりも先に被弾し、破壊されていたようだ。ダメージ・コントロール・チームが被害状況を把握しきれず、艦橋に報告が届かなかったのだろう。

　前甲板に発射炎が閃き、砲声が艦橋を包み込む。

　三基の主砲塔が、砲塔別各個照準による砲撃を開始したのだ。

　弾着を待つ間にも、敵弾は二、三秒置きに「ノースカロライナ」を襲う。

　被弾の炸裂音はひっきりなしに響き、周囲の海面は外れ弾が噴き上げた飛沫によって白く染まっている。

「第一射、全弾遠！」

　観測機から報告が届く。

「ノースカロライナ」は、なおも砲塔別各個照準による砲撃を繰り返す。

　発射炎と砲声だけは、これまでの砲撃と変わらない。艦の戦闘力は、全く損なわれていないかに感じられるが――。

「第二射、全弾遠！」

「駄目だ……！」

　新たな報告を受け、キッドの口から絶望の呻きが漏れた。

「ノースカロライナ」の射弾は、全て見当外れの海面に落下し、海水を空中に噴き上げるだけだ。

元々、砲塔測距儀を用いた射撃は、射撃指揮所の管制下に行われる射撃に比べ、命中精度が著しく劣る。

加えて、甲板上には火災煙が立ちこめ、測的を妨げられる。

視力を失ったボクサーが、闇雲に腕を振り回しているに等しかった。

「やむを得ぬ。撤退する。健在な艦は煙幕を展張し、本艦の避退を援護せよ」

無念の思いを込めて、キッドは決断の言葉を吐き出した。

「撤退するのですか?」

抗議するような口調で、ハーディングが言った。

参謀長が言いたいことは理解できる。

退却は、最新鋭戦艦の敗北を意味する。戦艦ならともかく、一五・五センチ砲装備の軽巡に敗れての退却とは不名誉の極みだ、と主張したいのだ。

だがキッドは、決定を変えなかった。

ＴＦ14は、ブーゲンビル島の死守を命じられたわけではない。作戦目的を考えれば、より早い段階で後退して然るべきだったのだ、と口中で呟いた。

「責任は全て私が取る。旗艦針路一五〇度」

「航海、針路一五〇度！」

キッドの指示を受けたハストヴェットが、ハリー・ジャスティン航海長に命じる。

「面舵一杯。針路一五〇度！」

ジャスティンが操舵室に指示を送るが、「ノースカロライナ」はすぐには艦首を振らない。基準排水量三万五〇〇〇トンの艦体は、依然直進を続ける。

舵の利きを待つ間、主砲は砲撃を続ける。

もはや、敵艦を仕留める役割は期待していない。敵を威嚇し、追撃をためらわせることが目的だ。

二度の砲撃を放ったところで、舵が利き始め、「ノースカロライナ」は右に大きく艦首を振った。

敵艦の発射炎が後方に流れ、死角に消える。

「両舷前進全速！」

ハストヴェットが、機関長リチャード・クランドール中佐に命じた。

機関の鼓動が高まり、「ノースカロライナ」が加速された。

敵を射界に収めている第三砲塔は、砲撃を続けている。

後続する駆逐艦は煙幕の展張を始めていたが、第三砲塔はなおしばらくの間、砲撃を止めなかった。

6

戦闘を打ち切ったのは、米側が先だった。

避退に転じてからも、敵の新鋭戦艦はなお砲撃を続けており、七戦隊司令部や「熊野」乗員の肝を冷やさせたが、いつの間にか、それも止んだ。

「七戦隊、撃ち方止め！ 撃ち方止め！」

栗田七戦隊司令官の命令を受け、田中菊松「熊野」艦長は、射撃指揮所に指示を送った。

本来であれば、第八艦隊全艦に対する命令権は清水光美司令長官にあるが、現在清水は命令を出せる状態にない。

必然的に、次席指揮官である栗田に指揮権が移ったのだ。

「熊野」の一五・五センチ主砲が沈黙し、後続する三隻の僚艦も、一八戦隊、二〇駆も、順次砲撃を中止する。

絶え間なく繰り返された発射炎の閃きが消え、砲声も終息した。ブーゲンビル島の南東海上に、静寂が戻った。

「勝ったのか？」

「勝ちました」

栗田の問いに、鈴木正金首席参謀が自信ありげな態度で頷いた。

「圧倒的に優勢な敵に甚大な損害を与え、撃退したのですから、紛れもない我が方の勝利です」

「そうか。勝ったのだな」

栗田は、大きく息を吐き出した。

感情をあまり表に出さない人物だが、このときばかりは心から喜んでいることがはっきり分かった。

田中菊松「熊野」艦長も、七戦隊の勝利が信じられない。

最上型は一五・五センチ砲装備の軽巡、敵は四〇センチ砲装備の戦艦だ。主砲の口径は、敵が倍以上も上であり、一発当たりの破壊力は到底比較にならない。

数では七戦隊が上回っていたとはいえ、田中には奇跡が起きたとしか思えなかった。

「被害状況は分かるか？」

「本艦は、第三、第七缶室に若干の浸水がありました。至近弾による被害です」

「『最上』から、『被弾四。主砲塔一基損傷セルモ戦闘続行ハ可能』と報告が届いております。『三隈』『鈴谷』からは、報告がありません」

栗田の問いに、田中と鈴木が報告した。

（戦艦を相手取って、この程度の損害で済むとは、本艦はよほど武運に恵まれているらしい）

内心で、田中は呟いた。

――敵艦隊と同航戦に入った後、敵戦艦は「鳥海」「熊野」「鈴谷」が、その後方に位置していた重巡二隻は「三隈」「最上」が相手取った。

「鳥海」が敵の主砲弾一発を被弾し、落伍した後、敵戦艦は「熊野」に砲門を向けて来たが、敵重巡二隻に魚雷が命中した後、「三隈」「最上」が敵戦艦との砲戦に加わった。

七戦隊の四隻は、一五・五センチ主砲の速射性能を活かし、敵戦艦に砲火を集中した。

一五・五センチ砲弾には、戦艦の分厚い装甲を貫通する力はないが、上部構造物に多数が命中した結果、敵戦艦は艦上の複数箇所で火災を起こした上、主砲の照準が不正確になった。

一五・五センチ砲弾が射撃指揮所に命中するか、測距儀を破壊したのだろう、と田中は睨んでいる。

七戦隊は、米新鋭戦艦を沈めることはできなかったものの、軽巡によって戦艦に打ち勝つという快挙を成し遂げたのだ。

（主砲の換装は不要だな）

田中は、そのことを確信している。

最上型は、米英に対する重巡洋艦の劣勢を補うために建造された大型軽巡洋艦だが、軍縮条約の失効後、主砲を二〇・三センチ砲に換装し、重巡洋艦に改める計画が進められていた。

改装工事は、昭和一四年から一五年にかけて実施される予定だったが、日本の参戦に伴って計画は中止され、最上型は一五・五センチ砲装備の軽巡のままで、戦争に参加することとなったのだ。

艦政本部は、対米戦が一段落したところで主砲の換装を実施したいとの意向を示しているが、最上型四隻の艦長、砲術長は、

「六〇口径一五・五センチ砲は砲弾の初速が大きいため、破壊力では二〇・三センチ砲と遜色ない。また次発装塡に要する時間が短く、短時間で多数の弾量を叩き付けることができる。総合性能では、二〇・三センチ砲よりも優れている」

と主張し、海軍省と軍令部に、改装に反対する旨の意見書を送っていた。

一五・五センチ砲で戦果を上げた以上、艦政本部に文句は言わせない。

夜間の近距離砲戦という条件ではあったが、一五・五センチ砲の集中砲火は、米軍の最新鋭戦艦すら沈黙させたのだ。

最上型の主砲は現状のままで充分。不要な改装をするなら、資材やドックは新造艦に使うべきだ。

戦闘詳報では、その意見を特に強調しようと田中は考えていた。

「司令官、戦闘はまだ終わっておりません。泊地の敵輸送船団を叩く必要があります」

鈴木の声で、田中の意識は目の前の任務に戻った。

第八艦隊が受けた命令は、「ブーゲンビル島南東岸に揚陸中の敵輸送船団の撃滅」だ。

現在は、護衛の戦闘艦艇を叩いたのみであり、船団は手つかずのまま残っている。

「『鳥海』を、ラバウルまで護送しなければ」

栗田は言った。

第八艦隊旗艦「鳥海」は、敵戦艦の主砲弾によって艦橋を爆砕された。

清水長官以下の司令部幕僚、渡辺清七「鳥海」艦長は戦死し、現在は後部指揮所にいたおかげで難を逃れた副長が指揮を執っている。

重巡は戦艦に次ぐ主力艦であることを考えれば、「鳥海」は何としても無事に連れ帰りたい、というのが栗田の考えだ。

「『鳥海』だけではない。『天霧』の乗員も、助けられる限りは助けたい」

栗田は、先の砲戦で撃沈された駆逐艦の艦名を上げた。

「『鳥海』には一八戦隊と駆逐艦二隻を護衛に付け、『天霧』の乗員救助には駆逐艦一隻を向かわせてはいかがでしょうか？　泊地突入は、七戦隊のみで実施します」

田中は、意見を具申した。

巡洋艦のみで敵戦艦を打ち破り、退却に追い込んだことで、気が大きくなっている。

四隻の最上型があれば、輸送船団など一隻も残さず沈められる、との自信があった。

それに対して栗田が何かを言いかけたとき、加藤実通信参謀が、通信室から報告を上げた。

「索敵機より受信。『鳥海』一号機からの報告です」

声に、戸惑いが感じられる。報告電の信憑性を疑っているようだ。

「構わぬ。読め」

栗田が命じた。

「読みます。『モイラ岬付近ニ敵影ナシ。敵輸送船団ハ避退セルモノト認ム。〇一〇七(マルヒトマルナナ)』」

7

八月一五日の夜明けと同時に、海岸付近に集結している多数の輸送船が、曙光(しょこう)の中に浮かび上がった。

規模は、この前日、ブーゲンビル島の南岸に揚陸を試みた合衆国の船団より大きい。

船同士の間隔が詰まっていることもあって、海面を埋め尽くさんばかりだ。

大型船はなく、中・小型船のみで編成されている。海岸付近の水深が浅く、大型船は座礁(ざしょう)の危険があるためだ。

ソロモン諸島の中部に位置するニュージョージア島の北部、現地の人々がムンダと呼ぶ場所だった。

一見、まだ何も始まっていないように見えるが、上陸した兵員は、既に内陸へと分け入っている。揚陸された物資の多くが、密林の中に運び込まれているのだ。

海岸には、ダンプトラック、ブルドーザー、油圧ショベル等の土木機材も見える。

人跡稀だった熱帯の島で、軍事基地の建設が始まろうとしていた。

「TF14が、ジャップの目をブーゲンビルに引きつけてくれた」

第一九任務部隊(TF19)旗艦「ペンサコラ」の艦橋で、揚陸作業を見守りながら、司令官リッチモンド・ターナー少将は呟いた。

本国の統合参謀本部は、日本軍のビスマルク諸島侵攻を早い段階で予測しており、

「ラバウル、カビエンが日本軍に占領された場合には、ソロモン諸島に反攻のための拠点を確保する」

と決めていた。

ビスマルク諸島の失陥(しっかん)は、合衆国やオーストラリ

アにとって痛手ではあるが、致命傷ではない。

だが、ソロモン諸島は合衆国とオーストラリアを結ぶ洋上航路を脅かせる位置にある。

万一、同諸島が日本軍の手に落ちた場合、オーストラリアは合衆国と分断され、孤立する。最悪の場合、同国が枢軸国との単独講和に踏み切る可能性すら考えられる。

ソロモン諸島以南への日本軍の進出は、断固阻止しなければならない。

合衆国はこの方針に基づき、ニュージョージア島への進出を決めた。

同島からラバウルまでは三七〇浬。飛行場を建設すれば、双発の中型爆撃機でも、ラバウルを攻撃圏内に捉えられる。

問題は、上陸時に攻撃を受ける危険だ。

日本軍の双発爆撃機――九六陸攻や、今年から配備が始まった一式陸攻は、二〇〇〇海里以上の航続距離を持ち、ラバウルからニュージョージアまで悠々と往復できる。

揚陸直前、あるいは揚陸作業中にネルやベティの空襲を受ければ、基地の建設は瓦解する。

そこで太平洋艦隊は、陽動作戦を実施した。

ニュージョージア島よりもラバウルに近いブーゲンビル島に、有力な艦隊と輸送船団を送り込み、合衆国の意図がブーゲンビル攻略にあると見せかけるのだ。

果たして日本軍は、食いついてきた。

モイラ岬付近に集結した輸送船団への爆撃に続いて、巡洋艦と駆逐艦合計一一隻から成る艦隊を突入させて来たのだ。

TF14が日本艦隊との夜戦に敗北し、大損害を受けたのは計算外の出来事だったが、ニュージョージアへの揚陸には成功したのだ。

「飛行場の完成までをいかに凌ぐか、が次の課題ですな」

参謀長のロジャー・ビリングワース大佐が言った。

合衆国が誇る海軍設営部隊（シー・ビーズ）といえども、密林を切り開き、飛行場を完成させるまでには、三週間はかかる。

その間、ラバウルの日本軍が攻撃して来る可能性を危惧しているのだ。

「その点については、あまり心配はしていない」

ターナーは応えた。

ＴＦ19には、強力な護衛が付いている。

大西洋から回航されたニューメキシコ級戦艦三隻と、エルカネー級軽空母三隻だ。

前者は長砲身の三五・六センチ砲一二門を装備し、日本軍の戦艦には充分対抗できる。

後者はカビエン沖海戦（ビスマルク諸島沖海戦の米側公称）で生き残った「エルカネー」「ザポテ・ブリッジ」に、新たに戦力化された「クイングァ」を加えたもので、搭載機をグラマンＦ４Ｆ〝ワイルドキャット〟で固めている。

ネルやベティが来襲しても、建設中の飛行場を守れる態勢だ。

「ニュージョージアは出発点に過ぎぬ」

ソロモンに向けて出発する前、ハズバンド・Ｅ・キンメル太平洋艦隊司令長官が言った言葉を、ターナーは思い出している。

合衆国はニュージョージア島を足場にして、島伝いにラバウルへと攻め上る。

今回は陽動作戦に用いたブーゲンビル島も、いずれは合衆国が攻略し、ラバウル攻撃の基地として使う日がやって来る。

そうなれば航続距離の短い戦闘機までもが、ラバウル上空を我が物顔で飛び回ることになる。

そうなったときの奴らの吠え面（ほえづら）を見てみたいものだ――と、ターナーは考えていた。

第六章　井上成美の献策

1

「私が恐れていたことが、現実化しつつあるようだ」

山本五十六連合艦隊司令長官は、航空本部長井上成美中将に言った。

山本の顔には、憔悴の色が濃い。

連合艦隊司令長官は、平時でも二年が限界と言われている激務だ。

それを戦時に、二年以上務めているのだ。

その間に、遠くインド洋まで遠征し、米太平洋艦隊との正面対決を経験している。

心身の疲労は、並大抵のものではないであろう。

「GFは、個々の戦闘には勝っている。セイロン島沖海戦でも、サイパン島沖海戦でも勝利を収め、先のブーゲンビル島沖海戦（八月一四、一五日の夜戦に大本営が定めた公称）でも、米艦隊を撃退した。巡洋艦以下の艦隊で、新鋭戦艦一隻を含む米艦隊を追い払ったのだから、快挙と言っていい。だが、戦闘の勝利が戦争の終結に結びつかぬ。勝てば勝つほど、泥沼に引きずり込まれてゆくようだ」

井上は、運ばれて来た茶をすすってから言った。

「我が軍は敵の術中に陥りつつある、とは考えられないでしょうか？　米国の国力が強大であることは、長官もよく御存知のはずです。米国は国力を前面に押し立てて、我が軍に消耗戦を挑んで来たのではないか、と私は考えております」

ラバウルの第八艦隊が、

「敵ハ『ニュージョージア島ムンダ』ニ飛行場ヲ建設中ノ模様ナリ」

と報告電を送って来たのは、八月二二日。

ブーゲンビル島沖海戦の一週間後だ。

米軍は、ブーゲンビル島への上陸に失敗したため、より離れたニュージョージア島に進出し、飛行場の建設を開始したのだ。

最初に、第二一航空戦隊の隷下にある第一航空隊の一式陸攻三六機が出撃したが、ムンダ上空で敵戦闘機の迎撃を受け、一七機が未帰還となる大損害を被った。

ラバウルには、まだ零戦が進出していない。

第三航空隊の九六艦戦四五機が展開しているが、ラバウルからムンダまでは三七〇海里の距離があり、九六艦戦の航続性能を超えている。

「建設中の飛行場なら、敵戦闘機はいないだろう」

と二一航戦司令部が判断し、陸攻のみを出撃させたことが、無残な結果を招いたのだ。

水上部隊を投入しようにも、第八艦隊はすぐに再出撃できる状態にはない。

戦死した清水光美司令長官の後任は、まだラバウルに着任しておらず、第七戦隊の栗田健男司令官が指揮を代行している。

艦艇も、旗艦「鳥海」は大破しており、第七戦隊は「熊野」「最上」が修理に入っている。

当面は、ラバウルの守りを固めつつ、様子を見守る以外になかったのだ。

今日は九月一〇日。

ムンダに飛んだ索敵機は、密林が切り開かれた中に出現した滑走路や付帯設備を撮影し、内地に写真を送っている。

米軍が同地に進出していることは、間違いない。

大本営は次なる一手として、ソロモン諸島への進出を計画していたが、米軍に先手を打たれたのだ。

山本はラバウル方面の作戦について、軍令部と協議するために上京したが、打ち合わせの終了後、航空本部に立ち寄ったのだった。

「敵の狙いは、我が軍に消耗を強いることだと言いたいのかね？」

山本の問いに、井上は頷いた。

「我が国は米国に比べ、軍艦も、航空機も、人材も、補充が利きません。消耗戦に引き込まれたら、戦力はじり貧になります。我が軍の戦力を枯渇させることが、敵の狙いでしょう」

「ニュージョージア島に基地を作ったのも、その一環だと？」

「私は、そのように考えます。米軍は、我が軍をできる限り遠くに引っ張り出すことを狙っているのではないか、と」

ソロモン諸島に進攻すれば、日本軍の消耗増大に直結する。これでは、敵の思惑に乗るようなものだ。

ラバウルの占領は、トラック環礁の安全確保のために必要だったが、それ以上戦線を広げるべきではない、と井上は主張した。

「大本営がソロモン進攻を主張しているのは、ラバウルの安全確保だけが目的ではないのだ。米国と豪州の連絡線を遮断し、豪州を屈服させることまでを視野に入れている」

山本は、幾分か躊躇いがちな口調で言った。

豪州を屈服させ、連合国から脱落させることがかなえば、連合国から対日反攻のための有力な拠点を奪うと共に、ドイツに対する援護にもなる。

ソロモン進攻は日本だけではなく、枢軸国全ての利益に繋がるものだとの理由で、大本営が強く主張しているのだ、と山本は言った。

「長官御自身が、それを信じておられるわけではありますまい？」

「その通りだ。今、私が言ったことは大本営の主張であって、私自身の考えではない」

井上の問いに、山本は苦笑しながら答えた。

「ただ……ニュージョージアの米軍基地を放置しておけば、ラバウル、カビエンが危険にさらされる。ラバウル、カビエンは、トラックを守るための外堀とも呼ぶべき存在なのだ」

「仮に、我が軍がニュージョージアを攻略した場合、米軍は更に後方に退くでしょう。それを繰り返されれば、いずれ限界が来ます」

井上は机上に南方要域図を広げ、ニュージョージア島を指した。

指先をずらし、ソロモン諸島の南東部——ガダルカナル島やサンクリストバル島を示す。

更にその先には、ニューヘブリデス諸島の島々がある。

きりがありません、との意を込めたつもりだった。

「繰り返すようですが、ビスマルク諸島方面ではラバウルに戦力を集中し、守りを固めるべきです。元々長官が考えておられた対米戦略は、米国に出血を強要し、敵の厭戦気分を誘うことだったはずです。ラバウルで守りを固める策は、その戦略に従ったものではありませんか」

「私と同じ考えだ」

山本は破顔した。

進攻作戦はラバウルで打ち止め、以後は守勢に転じ、敵に出血を強要しつつ和平の機会を探る、という戦略構想は、山本自身も考えていたのだ。

「大本営はソロモン進攻を強行したいようだが、そこは私が食い止める。ＧＦは、ビスマルク諸島沖、ブーゲンビル島沖の二大海戦で受けた打撃から、まだ回復しておらぬのだ。これ以上消耗を重ね、戦略を破綻させてはならぬ」

（総長とやり合われたのだろうな）

井上は、山本の心中を慮（おもんばか）っている。

現在の軍令部総長嶋田繁太郎大将は、山本とは江田島の同期生に当たり、非公式の場では「俺、貴様」で呼び合う仲だが、親友と呼べる間柄ではない。

「嶋田はおめでたい男だ」と、山本が吐き捨てたのを、井上も聞いたことがある。

嶋田と議論を戦わせるのは、山本も不快だったようだ。

「ただ……ラバウルで守りを固めるにしても、受け身一辺倒（いっぺんとう）の戦いをするつもりはない。ニュージョージアを占領せずとも、ムンダに建設された敵飛行場を叩くことで、敵の弱体化を図る必要はある」

「その点につきましては賛成ですが、航空本部からの提案が一つあります」

改まった口調で、井上は言った。山本は身を乗り出した。

「何だね？」

「今後、陸攻隊は段階的に縮小していただきたい、ということです」

「陸攻隊を縮小するだと？」

山本は、驚いたような表情を浮かべた。

陸攻隊は、海軍が基地航空隊の主力として位置づけてきた存在だ。

南方進攻作戦でも、昨年一〇月のサイパン島沖海戦でも、期待に違わぬ働きを見せ、敵飛行場の撃滅による制空権の確保や敵空母への攻撃で多大な戦果を上げている。

誰よりも、他ならぬ井上自身が、「海軍航空は、空母の艦上機隊ではなく、基地航空隊を主力とすべし」と主張し、陸攻隊をその要と考えていたのだ。

その井上が、基地航空隊の縮小を主張するのは、自身の戦略思想の否定に等しい。


「私が陸攻隊の縮小を主張する理由は、第一に陸攻の脆弱性、第二に人員の損耗です」

井上は、自身の考えを披瀝した。

一式陸攻も、九六陸攻も、洋上に進出して敵艦隊を攻撃するため、長大な航続性能を有しているが、それと引き換えに、被弾には弱い機体となった。

どちらの機体も、主翼を燃料タンクに使用しているため、被弾時に着火し易いのだ。

ニュージョージア攻撃で、出撃した一式陸攻の半数近くが失われたのも、この弱点に起因している。

それ以前の戦闘——昨年八月のフィリピン攻撃でも、一〇月のサイパン島沖海戦でも、敵戦闘機の迎撃や対空砲火で、少なからぬ機体が未帰還となっている。

陸攻の問題点は、それだけではない。

九六陸攻は一機当たり七名、一式陸攻は七名乃至八名が搭乗するため、搭乗員の損耗も大きい。

陸攻一機が失われた場合、九七艦攻二機分以上の搭乗員が戦死するのだ。

人材の枯渇による弱体化を防ぐためには、陸攻よりも防御力が高く、かつ少ない人員で運用できる機体を、基地航空隊の主力とすべきである……。

「つまり、陸攻に代わる新たな機体を基地航空隊の主力にしたいということだな？」

確認を求めた山本に、井上は頷いた。

「おっしゃる通りです」

「そのような機体があるかね？」

「一三試双戦を候補に考えております」

開発中の機体の名を、井上は口にした。

「一三試双戦は、長距離進攻用の戦闘機として開発が進められているはずだが」

「戦闘機ではなく、自衛能力の高い攻撃機とするのです。長官は、ドイツのＢｆ１１０という機体を御存知でしょうか？」

「メッサーシュミットの双発戦闘機のことだな？　航続距離が長く、爆撃機の護衛用として開発されたが、英本土航空戦での使用実績は、芳しいものではなかったと聞いている」

「確かにＢｆ１１０は、戦闘機としてはあまり役に立ちませんでした。英本土上空の空中戦では、単発戦闘機のスピットファイアやハリケーンには歯が立たず、惨敗を喫したとのことです。ですが、ドイツ空軍は転んでもただでは起きませんでした。Ｂｆ１１０を戦闘機としてではなく、自衛能力を持つ戦闘爆撃機として使うことで、戦果を上げたのです」

「一三試双戦を、日本のＢｆ１１０とせよ、と言いたいのか？」

「左様です」

井上は、山本に一通の書類を手渡した。

一三試双戦を攻撃機に転用した場合の長所をまとめたものだ。

一三試双戦は、増槽装備時で二六〇〇浬、増槽なしでも一三七〇浬の航続性能を持つ。一式陸攻には及ばないが、島嶼の防衛や敵飛行場の攻撃には威力を発揮する。

　また、元々戦闘機として設計されたため、一式陸攻より足が速く、敵戦闘機に食われる危険が少なくなる。搭乗員は三名であるから、撃墜されたときの人員の損耗も抑えられる。

　爆弾の搭載量は最大五〇〇キロと小さいが、今後、機体の改修やエンジンの強化により改善できる問題である――。

「戦闘機として開発された機体を、攻撃機に転用できるものかね？」

　半信半疑の表情で聞いた山本に、井上は答えた。

「中島飛行機からは可能である旨、回答が届いております。将来的には、攻撃機としてだけではなく、偵察機や対爆撃機用の重戦闘機としての使用も考えております。現に、トラックに運ばれた一三試双戦の試作機が索敵機に使用され、敵艦隊発見の手柄を立てております」

「私と航空本部だけで決められる話ではないな。軍令部にも話を通さなければ」

「長官から軍令部に話していただければ、通せる可能性が高いでしょう」

　山本は、セイロン島沖、サイパン島沖の二大海戦における勝利の立役者であり、国民の人気も高い。

　その山本の意見であれば、軍令部も無視はできないはずだ。

「分かった。基地航空隊の編成のことはともかく、一三試双戦を攻撃機として開発することについては、私から軍令部に話してみよう」

　山本は、微笑しながら頷いた。

　航空本部には、井上の顔を見るためだけに立ち寄ったつもりだが、思いがけない収穫を手にした、と言いたげだった。

「しかし、君がドイツ空軍の戦例に倣うとはな。君は私以上に、ドイツを嫌っていると思っていたが」

「種（たね）を明かしますと、本件は私の考えではありません。軍務局第二課からの提案です」

井上は笑いながら応えた。

軍務局の第二課には、井上の軍務局長時代の副官を務めていた浜亮一中佐が勤務している。

その浜が、ドイツ空軍の戦訓を調査した上で、陸攻隊の縮小と一三試双戦の戦闘爆撃機への転用を具申したのだ。

「浜中佐なら覚えている。実直そうな男で、奇抜な提案をするようには見えなかったが」

懐かしそうな表情を浮かべた山本に、井上は言った。

「ドイツの現体制はともかく、技術や戦訓に色はついておりません。利用可能な技術や戦訓は、積極的に取り入れ、学ぶべきです。できる限りよい条件で、米英との講和を実現するためにも」

2

一〇月一八日、高知県南西部の宿毛湾は朝から荒れ模様だった。

陸地から海に向かって強風が吹き、高波が立っている。

波頭が白く砕かれ、飛沫となって海面に戻ったところに、また新しい波が立つ。

普段は波静かであり、イトヨリダイ、カンパチ、シマアジといった魚が幾らでも獲れる湾だが、この日に限っては、漁船の出漁はない。

悪天候が理由ではなく、海軍の機密保持のためだ。

宿毛湾の中央に、鋼鉄製の巨艦が浮かんでいる。

艦体は、ちょっとした島を思わせるほど大きい。全長もさることながら、横幅が異様なまでに太い。人に喩えるなら大相撲の力士、それも天下の横綱を思わせる。

艦橋は、天を衝かんばかりだ。煙突や後部指揮所は、艦橋と共に、中央にまとめられている。

前部に二基、後部に一基が据え付けられた主砲塔は、それ自体が一隻の船に匹敵するほど大きい。正面の防楯からは、太く長い三門の砲身が突き出している。

長く「一号艦」と呼称され、現在は「大和」の艦名が与えられている帝国海軍の最新鋭戦艦が、宿毛湾にその姿を浮かべていた。

周囲に、他の船はない。

呉を出港してから、三隻の駆潜特務艇が付き従って来たが、波浪の高さのために追随できず、後方に取り残されている。

「大和」は、微動だにしていない。

強風が艦体に吹き付け、高波がまともに艦腹を叩こうと、全く動かない。

あたかも、海底に根を生やしたかのようだった。

「両舷前進微速！」

「大和」の羅針艦橋に詰めている艤装委員長宮里秀徳大佐が、強風に負けないほどの大声で命じた。

艦底部から伝わる機関音が高まり、艦がゆっくりと前進を開始した。

動揺はほとんどない。

基準排水量六万四〇〇〇トン、世界のどの戦艦よりも重量のある巨体は、強風にも高波にも全く動じることなく、宿毛湾の海面を滑るように動いている。

艦首から上がる飛沫は少ない。

艦首水線下の球状艦首が、海水の抵抗を最小限に抑えているのだ。

世界最大の巨艦が航進しているとは思えないほどだった。

「両舷前進半速！」

「両舷前進半速、宜候！」

宮里が第二の命令を下し、機関長小山敏明中佐が復唱を返した。

「大和」が速力を上げる。相変わらず、艦の動揺は感じられない。日本の造船技術を結集して建造された巨艦は、荒波に余裕で打ち勝っている。

両舷半速から原速へ、更に強速へと、「大和」は徐々に速力を上げる。

艦外に見える宿毛湾の北岸は、急行列車の窓から眺(なが)める景色のように、後方へと流れ去ってゆく。

「両舷前進全速！」

を、宮里は下令した。

機関の全力発揮は、一昨日、昨日の公試で既に実施したが、今日のような強風と高波の中で行うのは初めてだ。

一二基を合わせて一五万馬力の出力を持つ「大和」のロ号艦本式重油専焼缶が、この天候の中で、六万四〇〇〇トンの巨体に最高速度を発揮させられるか否か。

機関の唸りが高まり、鼓動が艦橋にまで伝わった。「大和」の艦体が加速され、風切り音が増した。

「速力二四ノット……二五ノット……」

航海長植村正夫(うえむらまさお)中佐が報告する。

艦の左右には、巨大な波のうねりが見える。「大和」の巨体、特に最大三九メートルの幅を持つ中央部が、海面を断ち割り、波立たせているのだ。

「砲術、艦の動揺はどうか？」

「問題なし。砲撃に支障はありません」

艦橋トップの射撃指揮所にいる砲術長松田源吾(まつだげんご)中佐が、宮里に返答した。

「よし、大丈夫だ」

宮里は、満足の声を漏らした。

「大和」の巨体は、悪天候下でもふらつくことはない。自慢の巨砲は、しっかりと腰を据えて、精度の高い砲撃を実施できるということだ。

「二六ノット……二七ノット……まだ行けます！」

植村が報告したところで、「大和」は浮標(ふひょう)の側を通過した。同時に航海長付の水兵が、ストップウォッチで計測を開始した。

二つの浮標の間を通過する時間を計測し、最高速度を算出するのだ。

風切り音を立てながら、「大和」の巨体は海面を断ち割り、直進を続ける。

六分間半ほど航走したところで、艦は二つ目の浮標の側を通過した。同時に水兵がストップウォッチを止め、「計測終わり！」と報告した。

「両舷前進強速！」

を、宮里は命じた。

強速から原速、半速と、「大和」は段階的に速力を落としてゆく。

微速まで落としたところで、植村が報告した。

「本艦の最高速度は二七・四ノットです」

「うむ！」

宮里は満足感を覚えて頷いた。「大和」は、計画以上の速度性能を発揮したのだ。

「機関長より艦長。機関に異常なし。缶、主機とも全て正常です」

「よし！」

小山機関長の報告を受け、宮里は額の汗を拭った。

「大和」の予行運転が、これで終わった。

母港の呉に戻り、各部を点検して、問題がなければ、次は一〇月二二日から三〇日にかけて公試運転が実施される。

そこで良好な成績を収めれば、「大和」は完成に大きく近づいたことになる。

「早くて四月、遅ければ五月にずれこむな」

「は？」

宮里の呟きに、植村が怪訝そうな声を上げた。

「完成の日時じゃない。本艦が、実戦に耐えるようになるのが、だ」

宮里は、誤解を正すように言った。

「大和」の引き渡しは一二月一〇日に予定されているが、すぐに実戦で使用できるわけではない。

乗組員に入念な訓練を施し、全乗員が艦の扱いに習熟してから、初めて実戦に耐えるものとなるのだ。

駆逐艦のような小型艦なら、短期間で訓練を終えることも可能だが、「大和」のような巨艦は、艦内の地理を覚えるだけでもかなりの時間を要する。

戦時とあって、訓練が短縮されるとしても、四、五ヶ月を要することになろう。

世界最大最強の戦艦となるべく、設計・建造された「大和」だが、その実力を発揮させるのは、あくまで人なのだ。

「大和」の乗員が艦の扱いに習熟する頃、戦況はどのように変わっているか。

「修羅（しゅら）の道になるやもしれぬ」

口中で、宮里は呟いた。

一〇月一五日のブーゲンビル島沖海戦では、米軍の新鋭戦艦が出現した。

米国は、条約開け後に竣工した新世代の戦艦を、早くも前線に投入したのだ。

戦時に竣工した軍艦には、平穏な時は与えられず、直ちに実戦の場に送り込まれる。

それは、「大和」を待つ運命でもあった。

宮里は顔を上げ、宿毛湾の海面を見つめた。

風は、先の予行運転時よりも一層強くなり、波は高さを増している。

「大和」の前途が波乱に満ちたものとなることを、天が暗示しているように感じられた。

【第四巻に続く】

ご感想・ご意見は
下記中央公論新社住所、または
e-mail：cnovels@chuko.co.jpまで
お送りください。

C★NOVELS

烈火の太洋3
――ラバウル進攻

2021年12月25日　初版発行

著　者　横山信義
発行者　松田陽三
発行所　中央公論新社
〒100-8152　東京都千代田区大手町1-7-1
電話　販売 03-5299-1730　編集 03-5299-1930
URL http://www.chuko.co.jp/

DTP　平面惑星
印　刷　三晃印刷（本文）
大熊整美堂（カバー・表紙）
製　本　小泉製本

Published by CHUOKORON-SHINSHA, INC.
Printed in Japan　ISBN978-4-12-501442-5 C0293

烈火の太洋 1
セイロン島沖海戦

横山信義

昭和一四年ドイツ・イタリアとの同盟を締結した日本は、ドイツのポーランド進撃を契機に参戦に踏み切る。連合艦隊はインド洋へと進出するが、そこにはイギリス海軍の最強戦艦が——。

ISBN978-4-12-501437-1 C0293 1000円

カバーイラスト 高荷義之

烈火の太洋 2
太平洋艦隊急進

横山信義

アメリカがついに参戦！　フィリピン救援を目指す米太平洋艦隊は四〇センチ砲戦艦コロラド級三隻を押し立てて決戦を迫る。だが長門、陸奥という主力を欠いた連合艦隊に打つ手はあるのか⁉

ISBN978-4-12-501440-1 C0293 1000円

カバーイラスト 高荷義之

荒海の槍騎兵 1
連合艦隊分断

横山信義

昭和一六年、日米両国の関係はもはや戦争を回避できぬところまで悪化。連合艦隊は開戦に向けて主砲すべてを高角砲に換装した防空巡洋艦「青葉」「加古」を前線に送り出す。新シリーズ開幕！

ISBN978-4-12-501419-7 C0293 1000円

カバーイラスト 高荷義之

荒海の槍騎兵 2
激闘南シナ海

横山信義

「プリンス・オブ・ウェールズ」に攻撃される南遣艦隊。連合艦隊主力は機動部隊と合流し急ぎ南下。敵味方ともに空母を擁する艦隊同士——史上初・空母対空母の大海戦が南シナ海で始まった！

ISBN978-4-12-501421-0 C0293 1000円

カバーイラスト 高荷義之

表示価格には税を含みません

荒海の槍騎兵 3
中部太平洋急襲

横山信義

集結した連合艦隊の猛反撃により米英主力は撃破された。太平洋艦隊新司令長官ニミッツは大西洋から回航された空母群を真珠湾から呼び寄せ、連合艦隊の戦力を叩く作戦を打ち出した！

ISBN978-4-12-501423-4 C0293　1000円　カバーイラスト　高荷義之

荒海の槍騎兵 4
試練の機動部隊

横山信義

機動部隊をおびき出す米海軍の作戦は失敗。だが日米両軍ともに損害は大きかった。一年半余、ついに米太平洋艦隊は再建。新鋭空母エセックス級の群れが新型艦上機隊を搭載し出撃！

ISBN978-4-12-501428-9 C0293　1000円　カバーイラスト　高荷義之

荒海の槍騎兵 5
奮迅の鹵獲戦艦

横山信義

中部太平洋最大の根拠地であるトラックを失った連合艦隊。おそらく、次の戦場で日本の命運は決する。だが、連合艦隊には米艦隊と正面から戦う力は失われていた——。

ISBN978-4-12-501431-9 C0293　1000円　カバーイラスト　高荷義之

荒海の槍騎兵 6
運命の一撃

横山信義

機動部隊は開戦以来の連戦により、戦力の大半を失ってしまう。新司令長官小沢は、機動部隊を囮とし、米海軍空母部隊を戦場から引き離す作戦で賭に出る！　シリーズ完結。

ISBN978-4-12-501435-7 C0293　1000円　カバーイラスト　高荷義之

蒼洋の城塞 1
ドゥリットル邀撃

横山信義

演習中の潜水艦がドゥリットル空襲を阻止。これを受け大本営は大きく戦略方針を転換し、MO作戦の完遂を急ぐのだが……。鉄壁の護りで敵国を迎え撃つ新シリーズ！

ISBN978-4-12-501402-9 C0293　980円　カバーイラスト　高荷義之

蒼洋の城塞 2
豪州本土強襲

横山信義

MO作戦完遂の大戦果を上げた日本軍。これを受け山本五十六はMI作戦中止を決定。標的をガダルカナルとソロモン諸島に変更するが……。鉄壁の護りを誇る皇国を描くシリーズ第二弾。

ISBN978-4-12-501404-3 C0293　980円　カバーイラスト　高荷義之

蒼洋の城塞 3
英国艦隊参陣

横山信義

ポート・モレスビーを攻略した日本に対し、ついに英国が参戦を決定。「キング・ジョージ五世」と「大和」。巨大戦艦同士の決戦が幕を開ける！

ISBN978-4-12-501408-1 C0293　980円　カバーイラスト　高荷義之

蒼洋の城塞 4
ソロモンの堅陣

横山信義

珊瑚海に現れた米国の四隻の新型空母。空では、敵機の背後を取るはずが逆に距離を詰められていく零戦機。珊瑚海にて四たび激突する日米艦隊。戦いは新たな局面へ――

ISBN978-4-12-501410-4 C0293　980円　カバーイラスト　高荷義之

表示価格には税を含みません